メイデーア転生物語２
この世界に怖いものなどない救世主

友麻 碧

富士見Ｌ文庫

イラスト　雨壱絵穹

Contents

第一話　最後の一人　8
第二話　救世主を守る者たち（上）　30
第三話　救世主を守る者たち（下）　56
第四話　新学期とポテト・レポート　77
第五話　ピエロ事件　110
第六話　学園島ラビリンス（上）　143
第七話　学園島ラビリンス（下）　176
第八話　夜会の乙女たち　203
第九話　青の真実　242
第十話　黄金の風が吹く　281
あとがき　316

Characters

マキア・オディリール
〈紅の魔女〉の末裔であるオディリール家の魔術師。

使い魔
ドンタナテス（ドン助）
ポポロアクタス（ポポ太郎）

トール・ビグレイツ
王宮騎士団魔法騎士。元マキアの騎士で、現在は救世主の守護者。

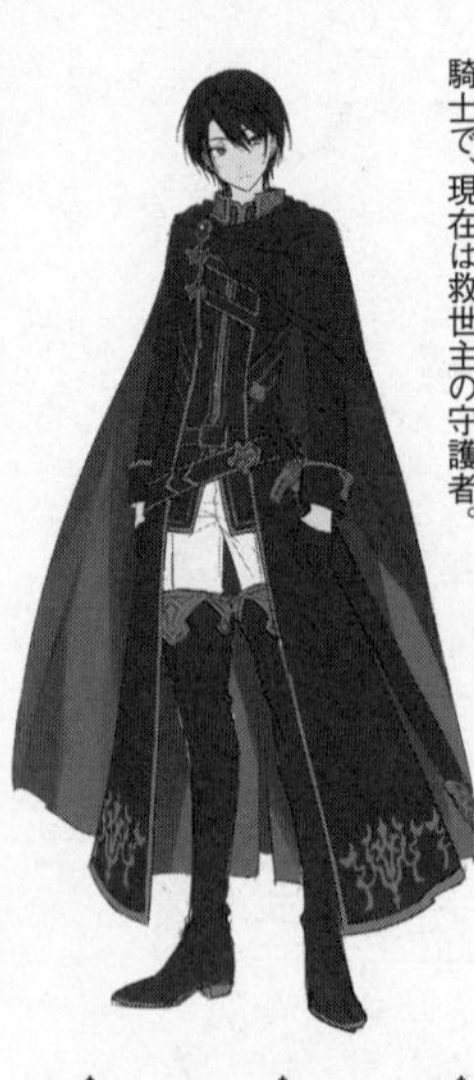

〈救世主〉と〈守護者〉／ルスキア王国

アイリ
異世界からやってきた〈救世主〉の少女。

ライオネル・ファブレイ
救世主の守護者のひとり。王宮騎士団副団長。

ギルバート・ディーク・ロイ・ルスキア
救世主の守護者のひとり。ルスキア王国第三王子。

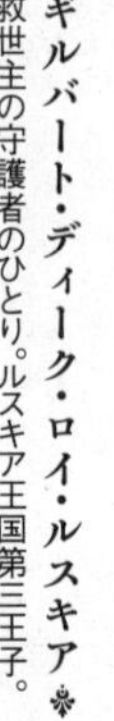

ユージーン・バチスト
ルスキア王国王宮筆頭魔術師。エレメンツ魔法学の第一人者。

クラリッサ
メイド長。アイリの身の回りの世話をする相談役。

ルネ・ルスキア魔法学校

レピス・トワイライト
マキアのルームメイト。フレジール皇国からの留学生。

ネロ・パッヘルベル
マキアのクラスメイト。魔法学校に首席で入学した天才。

フレイ・レヴィ
ネロのルームメイト。一歳年上の留年生。

ベアトリーチェ・アスタ
マキアのクラスメイトの令嬢。王宮魔術院院長の孫娘。

ニコラス・ハーバリー
ベアトリーチェの執事。彼女が率いるガーネットの1班の班員。

ユーリ・ユリシス・レ・ルスキア
ルネ・ルスキア魔法学校・精霊魔法学担当教師。ルスキア王国の第三王子。

ヴァベル教国

エスカ
マキアを監視するヴァベル教の司教。

？？？

？？？
マキアの前世を殺した男と瓜二つの〝金髪〟の軍人。

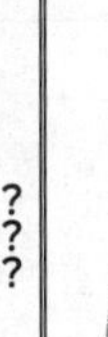

藤姫？
聖女と名高い古の魔術師〈藤姫〉を名乗る異国の令嬢。

Map&Realms

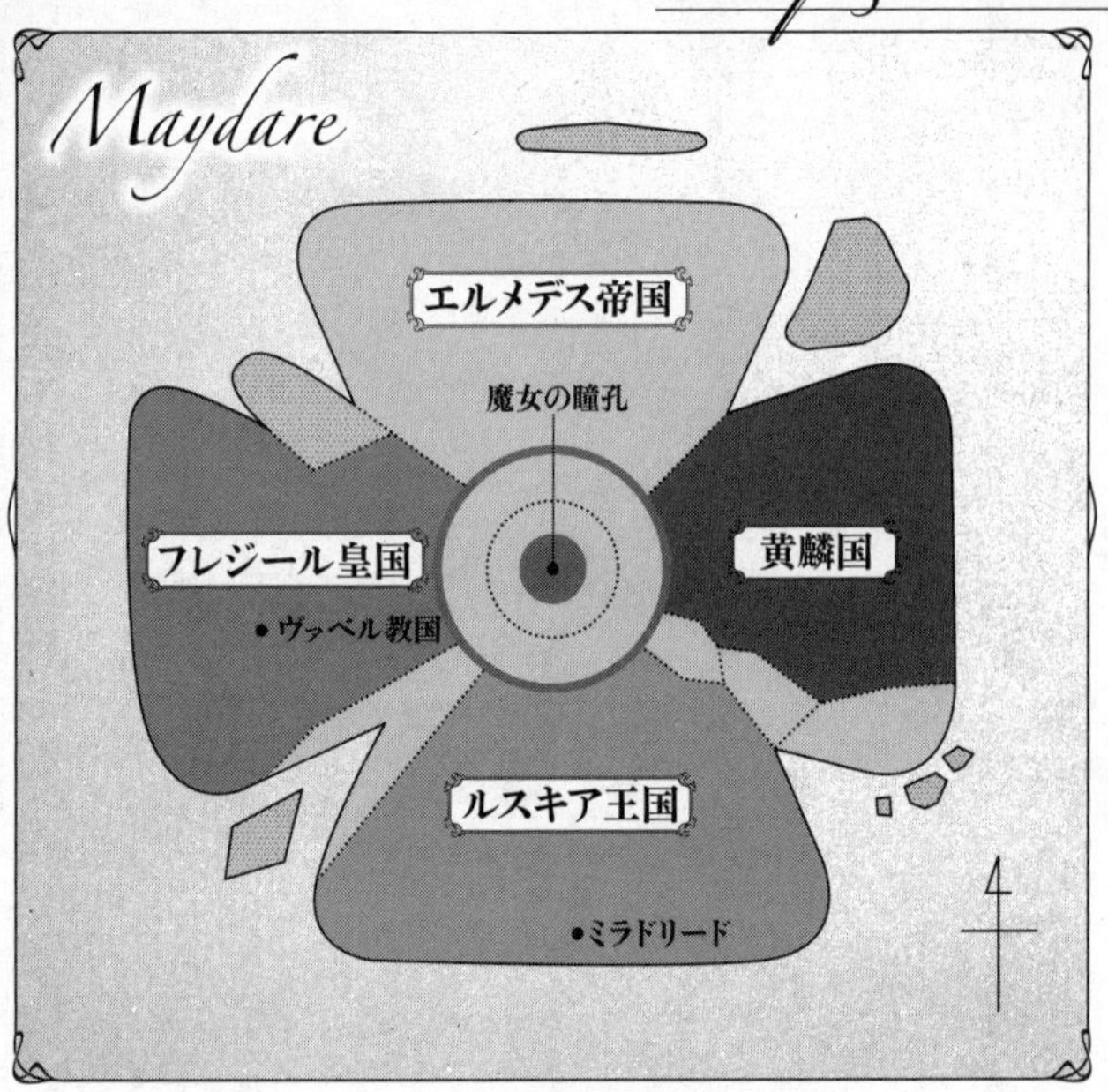

ルスキア王国
古い時代の魔力に満ちた南の大国。マキアの故郷デリアフィールドがある。

フレジール皇国
先端魔法が盛んな西の大国。ルスキア王国とは同盟関係にある。

エルメデス帝国
独裁的な北の大国。メイデーアの征服を目論んでいる。

黄麟国（きりんこく）
謎めいた東の大国。独特な東洋文化を持っている。

ヴァベル教国
フレジール皇国の内部にある、ヴァベル教の総本山。

ミラドリード
ルスキア王国の王都。ルネ・ルスキア魔法学校がある。

魔女の瞳孔
世界の中心にある大穴。

Keywords

メイデーア

世界の総称。偉大な魔術師たちにより歴史が紡がれてきた。

魔法大戦

五百年前〈紅の魔女〉〈黒の魔王〉〈白の賢者〉の三人の魔術師によって引き起こされた戦争。中でも勇者を殺した〈紅の魔女〉は〝この世界で一番悪い魔女〟として忌み嫌われている。

トネリコの勇者

四人の仲間とともに三人の魔術師を打倒し、魔法大戦を終結させた歴史上の存在。その物語はおとぎ話や童話の絵本となって広く親しまれている。

救世主伝説

ルスキア王国に伝わる伝説。メイデーアに危機が訪れた時、流星群を福音として異世界から〝救世主〟が現れ、世界を救うという。トネリコの勇者もその一例とされる。

四光の紋章

救世主伝説に語られる、四人の仲間〝守護者〟であることの証。救世主が現れた時、選ばれし者の体に刻まれる。

ヴァベル教

メイデーアで最も古く、最もメジャーな宗教。世界樹ヴァビロフォスを信仰する。

ルネ・ルスキア魔法学校

古の魔術師〈白の賢者〉によって創設されたとされる教育機関。

属性と申し子

世界を構成する魔力。主に【火】【水】【氷】【地】【草】【風】【雷】【音】【光】【闇】に分類される。また各属性に愛された存在を〝申し子〟と呼び、精霊の加護や特異な体質を備えている。

精霊・使い魔

世界の魔力の具現体。動物や植物、自然に宿り、神秘を体現するものたち。精霊そのものを召喚し契約することで、使い魔として使役することもできる。

第一話　最後の一人

　これは夢だ。これは夢だ。

そう唱えながら、私、マキア・オディリールは無理やり眠りについたのだが……

「やっぱり、ある」

翌朝、洗面台の前で自分の胸元を確認したところ、やはりその〝紋章〟は刻まれていた。

　メイデーアの救世主伝説にある、守護者の証・四光の紋章。

「嘘でしょう。ありえない、ありえないわ。私、まだ学生なのに。そもそも紅の魔女の末裔よ。救世主にとって天敵のような魔女の血を引いているのよ。どう考えても私はナシでしょ……っ」

　ネグリジェ姿のまま真っ青な顔をして、オロオロと部屋を歩き回る私。

なぜ？　考えれば考えるほどわからない。

救世主を側で守る〝守護者〟の一人に、私が選ばれるなんて。

「きっと、何かの間違いだわ。だいたい今になって紋章が現れるなんておかしいもの。これは、星降る夜に、選ばれし者が刻まれる証よ。あの日の……トールのように」

なんだか生きた心地がしない。とにかく、この件について誰かに相談しなければ。

私は慌てて制服に着替え、以前より短くなった赤髪も素早く整え、部屋を出た。

こういう時、無条件で頼ってしまうのは身内であるメディテ先生で……

「やあ、マキア嬢。朝早くからどうしたんだい？」

私の母方の叔父(おじ)である、ウルバヌス・メディテ卿(きょう)。

彼はルネ・ルスキア魔法学校の魔法薬学担当教師でもある。

深緑色の髪と蛇のような瞳(ひとみ)が特徴的で、片眼鏡(モノクル)なんかがいかにも魔術師らしいが、本日はお日柄もよく、麦わら帽子を被(かぶ)って薬用ひまわり畑の手入れをしていた。

叔父様と麦わら帽子とひまわり。うーん、似合わない。

「そろそろデリアフィールドに帰省するんだろう？　ジュリア姉さんとオディリール卿が、マキア嬢の帰りを待っているよ。あ、お土産にひまタネチョコレート持って帰る？」

「あの、叔父様」

普段通り話しかけてくるメディテ先生……いや、この場合メディテの叔父様に対し、私はおずおずとしながら、胸元のリボンを解(ほど)き、ブラウスのボタンを外す。

「!?」

叔父様、あからさまにビビる。

「ちょっ、ちょーっとマキア嬢!?　まあ確かにね、叔父様は独身だし？　マキア嬢は可愛くて可愛くて仕方ないけど、ここは学校で、俺と君は教師と生徒。その前に叔父と姪の関係であるからして――」

「叔父様、変な勘違いしてるとこ悪いけど、これ見て」

「ん？」

そしてやっと、私の胸元に浮かび上がるものに気がついた。

「これは……」

片眼鏡をクイッと上げて、刻まれた紋章をまじまじと見つめる叔父様。

この光景、他人に見られたらかなりやばいな……

ただ、叔父様はそれ以上に、この紋章に対し真剣な眼差しを向けていて、

「困ったな。ああ、困った。君にだけは、絶対に出て欲しくなかったものが見えるよ」

その口調は、どこか淡々としていて、ひょうきんな叔父様らしくもない。

「昨夜からなの。それまでは無かったものなのよ。これは本物かしら」

「わからない」

そして叔父様は、その紋章をもう見たくないとでも言うように、私のブラウスのボタンを留めて、リボンを結び直した。

「だけど、隠し続ける訳にもいかないだろう。今から、王宮へ知らせに行こう」

「私、守護者になるの？」

「……大丈夫。俺も一緒に行くから」

問いかけに答えこそくれなかったが、叔父様は不安げな私の頭を撫でて、そう言ってくれたのだった。

メディテの叔父様に連れられて、ミラドリード城内へ入る。

舞踏会のあった大広間へなら入ったことはあるが、ちゃんとした城内というのはこれが初めてだ。

カツカツと、大理石の廊下を歩く音が響く。

行き交う人々は、偉そうな貴族だったり、堅物そうな役人だったり、お澄まし顔の侍女だったり、王宮魔術師だったり衛兵だったり……

王宮で働く人たちがメディテの叔父様に挨拶をして、チラッと私の方も見る。誰も、私が守護者の紋章を刻んでいるとは思いもしないだろう。

私、これからどうなるのかしら……

想像すらしていなかった状況に、胸をドクドク高鳴らせ歩いていると、いつの間にか城の奥の方までやって来ていた。

叔父様はとある部屋の前で衛兵に話をつけ、扉を叩く。

出て来たのは、柔らかな白髪とシトラスイエローの瞳が印象的な、ルスキア王国第二王子ユリシス殿下だった。

私からすると、この方はルネ・ルスキア魔法学校のユリシス先生なのだけれど。

「おや、ウルバヌス……と」

ユリシス先生は、メディテの叔父様の後ろにいる私を見て、目を瞬(まばた)かせる。

「ユリシス殿下、折り入ってお話が」

魔法学校で同僚教師、また学生時代は同級生だったというユリシス先生に対し、メディテの叔父様は仰々しく頭を下げた。

ユリシス先生は少し困った顔になる。

「ウルバヌス。今、少し込み入った話をしているのです。後からでも……」

「こちらも急を要する事情でございます」

だが、叔父様は引かなかった。いつもひょうきんな叔父様があまりに真剣だったからか、先生は厄介な事情を察した様子だった。

「誰か来ているの？　通してあげて」

部屋の奥から、軽やかな声が聞こえた。アイリさんの声だ。

その言葉に従ってか、ユリシス先生が扉を大きく開ける。

部屋には立派な長テーブルがあり、異世界より召喚された救世主・アイリさんと、彼女を守る三人の守護者たちが席についていた。

「……お嬢？」

守護者の一人であるトール・ビグレイツが、私に気がつき思わず立ち上がる。

彼は元オディリール家の使用人兼門下生で、私と共に成長した黒髪の騎士である。

「何用だ、メディテ卿。こちらは今、重要な案件で会議中だ。それになぜオディリールの娘を連れているのだ」

第三王子ギルバート殿下が、ギロリと私を横目で睨む。

淡いベージュの長髪を一つに結った、王子らしい王子であるが、私はこのギルバート王子にとてつもなく嫌われているのだった。

理由は、私が、この世界で一番悪い魔女の末裔だから。

「恐れながら、ギルバート殿下。そして救世主アイリ様。我が姪であるマキア・オディリールに、守護者の証である〝四光の紋章〟が現れました」

「なっ」

「何……っ⁉」

叔父様の報告に、一同、誰もが驚きを隠せないようだった。

アイリさんも「え？」と首を傾げている。

トールもまた、言葉を失い、困惑を隠しきれずにいる。

「紋章はあるのだろうな」

ギルバート王子が一層キツく私を睨みつけ、疑念を帯びた口調で問う。

少し戸惑ったが、私はこの場の者たちに信じてもらうために、小刻みに指を震わせながら胸元のリボンを解く。そして、ブラウスのボタンを……

「待った！」

トールがらしからぬ慌てた声を上げたかと思ったら、両手を広げてスタスタと私の前まで やってきた。

目の前に、トールというデカい壁が聳え立っている。

「な……っ、何やってるのトール。おどきなさい」

「嫌です。お嬢も何をやってるんですか！　はしたないことはよしてください！」

「だ、だって」

「ギラついた目のむさ苦しい男ばかりの場所で、うちのマキアお嬢様の肌を晒すなんて言語道断。そんなことは俺が許しません！」

「うちの、って」

これまた、従順な騎士であった頃のトールが抜け切れていない。かつて仕えた貴族のお嬢様が、大勢の殿方の前で胸元を晒すという状況により、従者スイッチが入っちゃった。

この行動に、今まで黙っていた守護者の一人、ライオネル・ファブレイがプッと噴き出し、もう堪えきれず腕を組んだまま大笑いしていた。

「アッハハハハッ。いやー面白い。トールがそんなに慌てるなんて。いつもは何事にも無関心で、淡々と仕事をこなすクールボーイなのに」

彼は王宮騎士団の副団長でもあり、トールの上司でもあった。

以前、学校の薬園島で私とは顔を合わせている。トールより十は年上に見える男前な騎士だが、こんな風に思い切りよく笑う人だったんだ。もっと厳格な人かと思っていた。

「……っ、笑い事じゃないぞライオネル！　紋章は確認しなければ！　その娘の虚言とも限らないからな。トールだけが確認するのでは信用できない！」

「あ、もしやギルバート殿下、むっつりですか？」

「ライオネル貴様……っ、刺すぞ」

ブチギレのギルバート王子はテーブルの上に身を乗り上げ、細身の剣をライオネルさんの目の前に突きつけた。

ライオネルさんは「いやー失敬」とお気楽な笑顔。王子に対しなかなか度胸のあることを言う。さすがは騎士団副団長にまで上り詰めたお方だ。

混沌とした場で、ゴホン、と咳払いをして話を進めたのは、ユリシス先生である。

「わかりました。では、僕が確認しましょう。トール、それでいいですか？」

「……ええ。ユリシス殿下であれば」

トールは少しだけ間をあけて、頷(うなず)いた。どうやらユリシス先生のことは信頼しているようで、私を隠す高い壁になっていたところを、スッとどいた。

私もまた、ユリシス先生には、少なからず安心感がある。

「紋章は、いつ頃現れたのですか」

「昨日の夜です。ちょうど雷雨が通り過ぎた後だったかと思います」

「わかりました。では、失礼」

「……はい」

そして、ユリシス先生の前で、ボタンを外して胸元を晒す。

確かに刻まれている、四光の紋章。

ユリシス先生の、シトラスイエローの瞳が、鈍く光る。いつもは優しい先生の眼差しが、今ばかりは研ぎ澄まされた鋭いもののように感じた。

恥ずかしいと言うより、緊張してしまう。

先生は私がボタンを留め直すのを待ち、救世主とその守護者たちの方を振り返ると、

「皆さん、落ち着いて聞いてください。守護者の最後の一人が見つかりました。ここにいる、マキア・オディリール嬢です」

確信に至ったとでも言うような口調だった。

それでもまだ納得できないギルバート王子が、テーブルに拳(こぶし)を叩きつける。

「これはいったい、どういうことです兄上！　今更、四人目が現れるなんて。しかも、この世界で一番悪名高い、あの〈紅の魔女〉の末裔の娘など！」

ユリシス先生は、口元に指を添えて少しだけ考え込み、こんな話を始めた。

「これは、あまり知られていない救世主と守護者の〝ルール〟の一つですが、守護者とは一人が死亡すると、新たな守護者が選ばれる仕組みです。要するに、代わりが現れる」

「代わり……？」

守護者の誰もが、そのことを知らなかったようだ。

「では、この時期にマキアお嬢様に紋章が現れたと言うことは……」

「ええ。流星群の夜に選ばれた本来の四人目が、どこかで死んだからでしょう。繰り上がりでマキア嬢が選ばれた理由は、おそらく、夏の舞踏会がきっかけに違いない。あの時、マキア嬢が救世主を救う規格外の魔法を使った。それが、評価を得たのです」

ユリシス先生の説明に、今まで黙っていたアイリさんが大きな目をパチパチと瞬かせ、また首を傾げて尋ねた。

「評価って、いったい誰に？」

「この世界に」

先生は、淡々と答えた。

「ただし、救世主に代わりはいませんよ、アイリ。あなたが死ねば、終わりです。新たな救世主が異世界より召喚されるかは定かでなく、メイデーアはしばらく混沌とした時代に沈むでしょう」

「わかってるよ、ユリシス。あたしは特別、なんだよね」

アイリさんは臆することなく、ニッコリ笑顔で答えた。

だけどスウッとその笑顔に影が落ち、

「でも、あたしは守護者に死んで欲しくないな。あたしにとって、みんなの代わりはいないもん」

「アイリ……」

ギルバート王子の、アイリさんを尊ぶ眼差しときたら……

守護者とは死ねば代わりが現れる。その事実はとても衝撃的だ。救世主の使命が続く限り、後々守護者の全員が代わっている可能性もあるということでもあるのだから。

「ですが、ユリシス殿下。マキアお嬢様はまだ学生です。優れた魔女ではありますが、それでも、守護者の任務はあまりに危険では」

トールの焦りようは、まるで私に守護者になってほしくないみたいだ。

珍しくギルバート王子の意見も同じようで、

「そうだ。今になって現れ、しかも即戦力でないというのなら、ただの足手纏い。かの魔女の末裔とあれば国民や同盟国も納得しないだろう。それならよほど王宮筆頭魔術師のユージーン・バチストや、そこのウルバヌス・メディテの方がふさわしい。そもそもなぜ兄上が守護者に選ばれていない！　王国最強の精霊魔術師である、ユリシス兄上が！」

……それは、確かに。

私は、私を蔑(さげす)んでいたギルバート王子の言い分に納得してしまった。

救世主と守護者のまとめ役でいるからこそ、あまり気にしていなかったが、そもそもユリシス先生が守護者に選ばれてないのがおかしい。

この国で、彼より強い精霊魔術師はいないと言われているのに。

ユリシス先生は一瞬だけ真顔になったが、すぐにいつも通りの笑みをたたえ、

「メイデーアが救世主の守護者に選んだのは、あなた方なのです。人にはそれぞれ役割がある。僕に課せられたのは守護者を導く監督役。そう……かつての〈白の賢者〉のように」

そして、スッと私の方に視線を向けた。

「マキア嬢が守護者に選ばれたことにも、きっと何か意味があるのでしょう。救世主とその守護者は、彼女を快く受け入れて欲しい」

「ですがその娘は〈紅の魔女〉の末裔です！　禍々(まがまが)しい魔術を見せつけられたばかりだ！」

ギルバート王子の、私への不信感は凄(すさ)まじい。目がそれを物語っている。

「確かにイレギュラーな事態です。マキア嬢、あなたも混乱されているはず。何かご質問はありますか？」

「あの」

私はいつも学校でしているように軽く手を挙げて、ユリシス先生に質問した。

「一つ、よろしいでしょうか。私は結局、誰が死んだせいで選ばれたのですか？」

少しの沈黙の後、それぞれが顔を見合わせている。

「マキア嬢、それはまだ分かっておりません。本来の四人目はずっと見つからずにいたのです。しかし今後、調べによっては、それらしき者の死亡が確認されるかもしれません」

ユリシス先生がそう告げた。

誰なのか分からないままだった、本来の、四人目の守護者。

どこで、なぜ、死んでしまったのか。刻印を受け継いだ者としては、かなり気になる。

「殿下。そろそろ元の議題に戻りましょう。四人目が見つかったのなら、なおさら」

「ええ。……ではひとまず、この話はここまで」

ライオネルさんの意見を受け入れ、ユリシス先生が突っ立っていた私に、テーブルにつくよう促す。メディテの叔父様は、一度ユリシス先生と頷き合い、部屋を出て行った。

その後、私がここへ来る前まで議題にしていた内容を、ユリシス先生は説明する。

「実は、次の同盟国会議の開催場所が、ここミラドリードに決定したのです。その際、救世主と守護者は各同盟国代表に、はじめてお披露目されることになります」

同盟国会議。ルスキア王国の同盟国と言えば、西のフレジール皇国と、その国内にあるヴァベル教国、その他周辺小国家。

「救世主と守護者は、揃ったら聖地に向かうのではなかったですか？」

思わず質問をしてしまった。

救世主と守護者は、伝説上人数が揃うとフレジール皇国に向かい、その都にあるヴァベル教の聖地で洗礼を受けることになっている。それが伝説の通りだ。

「洗礼は春に行われる〝聖教祭〟で、と決まっているのです。今年を逃してしまったので、来年の春まで待たねばなりません。早めにフレジールに向かい、備えるのも手ですが……」

ユリシス先生の話に、守護者のライオネルさんが付け加える。

「フレジールは先月、国境の町を帝国軍によって攻撃されている。敵国と緊張状態にあり、何が起こるか分からない状況だ。ゆえに、来年の聖教祭まで、ルスキア王国で待機ということになったのだ」

そうだったんだ。

確かに危険度が高いのであれば、ギリギリまでルスキア王国にいるのが安全かもしれない。しかし当のアイリさんは、他国へ行けないことを心底残念がっている。

「あたし、絶対死なないから大丈夫なのに！　現に今まで色んなことがあったけれど、大怪我を負うことも無かったし、死んでないでしょ？」

「…………」

「早くルスキア王国を出て、メイデーアの国々を冒険したいなあ。それが異世界トリップの醍醐味みたいなものなのに」

アイリさんはこの世界を物語の中のように思っていて、自分がいわゆる〝主人公〟であるかのような発言を、前々からしていた。ここにいる者たちには何が何だかよくわからないだろうが、私には、その理由が何となくわかる。

アイリさん……

日本では〝田中愛理〟という女子高生で、私とは親友同士だったあの子は、自分で小説を綴っていた。知らない世界に思いを馳せ、心ときめく恋と冒険の物語を。

だからここは、彼女にとって、夢の場所。

ずっとずっと、辿り着きたかった場所。

「しかしアイリ様、今までは運が良かっただけなのです。表舞台に立たれた以上、危険度は一層増します。フレジールは大国ですが、ルスキアと違ってとても危険な国なのです」

元々フレジールの人間であるトールが口を出すと、アイリさんは握りこぶしを上下に振りながら、

「でもでも！　もうルスキア王国で大人しくしているのには飽きたよ！　早く救世主として活動したいの。あちこちの国を冒険したり、魔法を使って戦ったり、悪者の陰謀を暴いたり、たくさんの人を救ったり！」

プンプンに、だけど可愛く訴えている。色々と物申したいことがあったようだ。

「危険だ危険だって言って、王都に遊びにも行かせてもらえないんじゃ、あたし、ノイローゼになっちゃうよ！　守護者のみんなも、何だかんだ仕事で忙しいし！」

守護者の面々からしたら、アイリさんには王宮で大人しくしていてもらいたい、というのが本音なのだろう。四六時中一緒にいると言うのも、異性の守護者ばかりなので、難しいのかもしれない。

「あ、そうだ！　これからはマキアさんに、あたしの話し相手をしてもらえばいいんだよ。そしたらあたしも暇じゃないし！」

「!?」

突然、私の名前が出てきて、ピンと背筋が伸びた。

「そんな……っ、危険だアイリ。そこの娘は悪しき魔女の末裔！　アイリの眩さに嫉妬し、傷つけようとするかもしれない。〈紅の魔女〉も大層嫉妬深かったと聞く！」

「……はい？」

「そういう貴族令嬢を、私はたくさん見てきた！　純粋無垢で誰からも愛される存在に嫉妬し、僻み、身の程知らずの対抗心を抱き、立場も弁えず排除しようとする女をな！」

何というか、ギルバート王子の被害妄想が激しすぎる。

それとも、そういう女性と関わった経験があるのだろうか？

確かに私は、あの夏の舞踏会で、トールを従えるアイリさんに嫉妬心のようなものを抱いたけれど、だからと言って何かしでかす、なんてことはあり得ないわよ。

私はこれら心の声を何とか飲み込んだが、代わりにトールが不快感を露わにしている。

「酷い言いがかりはよしてくださいギルバート殿下。うちのお嬢がそこらの貴族令嬢並みの嫉妬で、せこい嫌がらせなどするわけ無いでしょう。お嬢はどちらかと言うと、やられたらやり返すの精神です。三倍返しです。呪います。悪夢を見せます。話はそれからです」

「な……っ」

トールよ。もっと話がややこしくなりそうなフォローをありがとう。

おかげでギルバート王子はますます眉を吊り上げ、

「やはり恐ろしい魔女だ！　聖なる守護者がそんな鬼畜であってたまるものか！」

「お嬢にとっては褒め言葉です。ありがとうございますギルバート殿下」

「トール、貴様……っ」

ギルバート王子とトールが、私のことをあーだこーだ言って喧嘩している。

アイリさんをチラリと見ると、何だか面白くなさそうな表情だ。やはり、トールがまだ私への忠誠心を捨てきれていないことに、もやもやしているのかもしれない。

ユリシス先生はゴホンと咳払いをして、「話を戻してもよろしいでしょうか」と。

この面子のまとめ役、大変そうだな……

「マキア嬢。あなたに守護者の適性があるかどうかは、最終的にヴァベル教国の使者が判断することになるでしょう。また本物の四人目が誰であったのか……。その事実が分かるまで、あなたが守護者に選ばれたことは関係者以外伏せておいた方が良いでしょう。公表してしまったら、あなたは魔法学校に通うどころではなくなる」

「えっ⁉　そ、それは困ります！　だって私、ルネ・ルスキアにずっと通いたくて頑張ってきたんです。班員たちと一緒に特待生を目指していたのに……っ」

私は思わず立ち上がる。

あれ。でも私、なんで特待生を目指していたんだっけ。

それはトールに会うためで、トールに自分の気持ちを伝えるためで、最終的には守護者になったトールを、陰で手助けするためだった。

私自身が守護者になったら、それらの目標が全てふわふわしたものになる。

「ふん。守護者としての自覚を持てオディリールの娘。守護者とは、何を犠牲にしてでも救世主を守る存在。私は許嫁と婚約を解消したぞ。全てをアイリに捧げるためにな」

ギルバート王子が得意げに語る。

許嫁の人がかわいそう、としか思えないけれど。

「お前たちも、守護者である自覚を持ち、身を粉にしてアイリに尽くせ。ましてや、他の者に思いを寄せるなど、言語道断だ！」

キッと、私とトールを睨みつけながら、ギルバート王子はそう忠告した。

さっきまで私が守護者になることに反対していたくせに。

「マキアさん。ギルの言うことをあまり深く考えないで。あたしね、同じ年頃の女の子のお友だちが欲しかったんだ。対等に話ができる、お友だちが」

「アイリさん……」

アイリさんが愛嬌のある笑顔を私に向けてくれた。

ただ正直なことを言うと、私はまだ守護者の自覚は無いし、目の前の救世主の少女に対しどこか複雑な感情を抱いている。

アイリさんは、私が前世で親友だった、小田一華であることを知らない……

「ハハハ。いいんじゃないかな。守護者が男ばかりなのもアイリにとって退屈だったのだろう。気兼ねなく話ができる同年代の女性の守護者。マキア嬢がアイリの相談役を担ってくれれば、こちらとしても安心だ」

ライオネルさんは、表向きは私に対し友好的。タフな笑顔が眩しい。

「何が安心だライオネル！　この魔女は、アイリの護衛としても力不足。それにやはり、どうにも信用できん……っ」

ギルバート王子は相変わらず。私を睨む視線は刺々しい。

「マキア嬢を侮辱するのはやめてください、ギルバート殿下。あなたはこの方のことを何もわかっていない！」

トールもトールで、私のことを庇おうとしすぎる。立ち上がってまで訴える。

ただ、トールのこの態度にギルバート王子もまた立ち上がる。

そして、トールの前までやって来て厳しい口調でこう告げた。

「わかっていないのは貴様だトール。お前はこの娘と、アイリと、どちらかしか助けられない状況に陥ったら、どうするつもりだ！」

「……!?」

その言葉にハッとさせられたのは、多分、この場の者たち全員。

トールは目をジワリと見開いた。ギルバート王子は間髪を容れずに、続ける。

「その時は、必ずアイリを助けなければならない。そう言った局面は、いつか絶対にやってくる！　肝に銘じておけ、トール・ビグレイッ」

この意見を訂正するものは一人もいなかった。

守護者は、その名の通り救世主を守る者。救世主の盾。

たとえトールが私の元騎士であろうとも、守護者の役目を投げ捨てることはできない。

私の代わりはいても、アイリさんの代わりはいないのだ。

「……っ」

苦しそうな、悔しそうな顔をして、拳を握りしめるトール。

私はそんなトールの顔を見ていられなかった。

彼は決して、アイリさんを拒否してはいないだろうけれど、忠誠を強いられるのが、かつての奴隷時代を思わせ許せないのかもしれない。

心から信じる者への忠誠を、守りたいものを守れる立場を、一人の騎士として望むのかもしれない。

わかった。わかったわ。ならば私は、強くなる。

「なら、私は、トールに守られなくても生き延びることができるように、頑張るわ」

「……お嬢？」

突然の発言に、誰もが私に注目していたが、私はトールだけを見つめていた。

怖いもの知らずだった、かつてのマキアお嬢様のように、勝ち気な笑みを浮かべて。

「だから、そんな顔しないでトール。私を誰だと思っているの？　そんなに簡単に死んだりしないし、あなたにそんな選択をさせたりしない」

だから、あなたが守るのは、アイリさんだけでいい。

そして私は、あなたを悲しませないために、強くならなければならない。

トールは変わらず不安げな表情だったが、私はスッと立ち上がり、この場の皆の方を見て、

「私が本物の守護者かどうかは定かではありませんが、努力いたします。お呼び頂ければアイリ様の相談役を担いましょう。どうぞよろしくお願いいたします」

誓いのごとく胸に片手を当てて、頭を下げた。

守護者同士である以上、トールへの想いも隠さなければならないだろう……

ああ、全く、本当に。

昨日、あの時、あの場所で。

私の想いがあなたに伝わっていたら、どんなに良かったか。

第二話　救世主を守る者たち（上）

デリアフィールドに帰省する予定だったが、私に救世主の守護者の証(あかし)〝四光の紋章〟が現れたことで、それどころではなくなった。

両親には、私が守護者に選ばれてしまったことをメディテの叔父(おじ)様経由で報告してもらうこととなり、私は王都ミラドリードに留(とど)まっている。

というか、ほぼ毎日王宮に通っている。

守護者として知っておくべきこと、持っているべき知識がいくつかあり、それを学んでいるところだ。

救世主と守護者は人数が揃うと、西のフレジール皇国に向かい、その首都にあるヴァベル教総本山・ヴァベル教国にて〈緑の巫女(みこ)〉の予言を賜る。その予言によって、この世界の危機とは何か、救世主のやるべきことは何かが、明確に分かるのだという。

この一連の儀式は、毎年春に行われる〝聖教祭〟にしかできないようで、今年はすでにその機を逃しており、来年の春まで待たなければならない。

それまでに、救世主と守護者にできることと言えば……

「第一に、洗礼の儀まで、生き延びること。そして国民の平和と希望の象徴であり続けることです。来たるべき時に備え、各々が力の強化をはかり、あらゆる方向から向けられる敵意に対し、戦い抜く。そう言った姿を民に見せ続けることで支持を得て、世界の覇権を争う国々に対する〝抑止力〟になることが求められます」

心構えのようなものを、王宮の講義堂でユリシス先生から教えてもらっていた。

とても大きな講義堂なのに、私と先生だけのやり取り。まるで学校の補習授業みたい。

「抑止力とは、戦争に対する、ですか？」

「そうですね。以前、マキア嬢の精霊であるポポロアクタスが拾ってきたボタンのことを覚えておいでですか？」

「はい。ずっと気になっていました」

「あれは、北のエルメデス帝国の軍服のボタンなのです」

「要するにグレイグス辺境伯は、帝国と繋がっていた、と」

「可能性は高いでしょう。帝国は侵略戦争を周辺諸国に仕掛けています。帝国の脅威がルスキアまで届きづらい理由は、間に位置する西のフレジール皇国が侵略を食い止めているからです。しかし、いずれその魔の手はこのルスキア王国にも届く。戦争を起こしたい帝国にとって、世界を平和に導く救世主の存在は邪魔でしょうから、早めに手を打ちたいと言うことなのでしょう」

だからこそ、グレイグス辺境伯のような反救世主派を煽って、あのようなテロを起こさせた、と言うことだろうか。武器や、最新の転移装置を彼らに流して。

「もう一つ、現段階でできる救世主の役割があるとするなら……各国の魔術師たちに対する〝警告〟という感じでしょうか。彼らが迂闊に世界を動かさぬよう、目を光らせる必要があります」

「各国の、魔術師……？」

それはどういった魔術師だろう。

各国にも魔法学校があったり王宮魔術院があったりして、魔術師の育成には力を入れていると思うのだけれど、それは職業の一つにすぎない。

だけど、ユリシス先生の言う〝魔術師〟は、そういった数多くの者たちのことを指しているようではなかった。

「世界には様々な魔術師がいます。特に、王の側にいる大魔術師、国を動かす立場にいる者たちは要注意です」

「それってユリシス先生も、ですか？」

「…………」

私は単純に〝王の側にいる大魔術師〟という意味で先生の名前を出したのだが、先生は少し驚いたような顔をして、

「ふふ。そうですねえ、そうかもしれないです」

と、爽やかに笑いつつも、視線を意味深に横に流した。

「僕が守護者に選ばれなかったのは、どちらかと言うと〝要注意〟サイドにいるからかもしれない……ですね」

冗談で言ったのかもしれないが、なるほど、とも思う。

前に先生が話してくれた、この世界に名を残す偉大な魔術師たちについて。どちらかと言うとユリシス先生はそちら側のような気がしていたから。

だけど私は、トールのことも……そちら側なのだと思っていた。

「来年の春まで、マキア嬢も今まで通り……と言うわけにはいかないかもしれませんが、ルネ・ルスキアでの学生生活を楽しんでください。僕個人の意見としては、あなたにはちゃんと学校を卒業して貰いたいと思っているのですよ」

「……はい」

私だって、学校はちゃんと卒業したい。

それに、ルネ・ルスキア魔法学校の話をする先生は、どこか生き生きして見えた。

「ユリシス先生は、どうしてルネ・ルスキアの教師になろうと思ったのですか？」

だって、先生はこの国の第二王子だ。

将来国王になるわけではないかもしれないが、普通、魔法学校の先生になろうとは思わない。もっと、国を動かす立場で力を発揮できる人だろうに……

先生は私の疑問に対し、僅かに目を伏せた。絹糸のようなまつ毛が、神秘的なシトラスイエローの瞳に影を落とし込んでいる。

「そうですね……。僕にとってあの学校は、我が子のようなものですからね」

我が子？

母校とか言うし、母のような存在、と言うのなら分かるのだけれど……

「おっと。もうこんな時間です。次はアイリに精霊魔法の講義をすることになっています。今はちょうど、ドームで実技魔法を特訓中でしょう」

「アイリ様には優秀な専属教師がついていると聞きました。魔法学校に通われない理由は、安全のためですか？」

「それもありますが、アイリの魔力は救世主だけあって特殊です。学校のカリキュラムでは、彼女の力を短期間で育てることが不可能なのです。救世主は通常よりはるかに大きな魔力を宿している者であり、精霊の愛し子、エレメンツの全てを司る【全】の申し子でもあります」

「ぜ、【全】の申し子……っ」

思わず仰け反って驚いた

それは、全てのエレメンツの精霊に愛された存在。

歴代でも数えるほどしかいない、魔法の特異体質だ。【火】の申し子である私など、【全】の申し子であるアイリさんに比べたら、なんてことない。

「【全】の申し子とは通常の申し子とは毛色が違い、全ての申し子の能力を〝無効化〟できる、というような特殊能力があります。俗にこれを〝アンチエレメンツ体質〟と言うのですが」

アンチエレメンツ体質。

要するに、申し子の能力は彼女の前では通用しない、と言うことらしい。凄い。

「アイリはまだ上手くこの能力を使えていませんが、しっかり特訓すれば役立つ場面はあるでしょう。とはいえ、異国の複雑な先端魔法に有効ではないのですが……」

ユリシス先生は苦笑しつつ、私に対する講義を終えた。

守護者や、アイリさんについて知らなかったことを知り、僅かに安堵を覚える。一番不安になってしまうのは、何も知らないということだから。

次に私は、ユリシス先生と共に、アイリさんが魔法を学んでいるという王宮の魔法闘技ドームへと向かった。

ミラドリード城は、主にセントラルパレス、ノースパレス、サウスパレスに分かれており、ドームはセントラルパレスの裏側にある。

とても大きなドームで、ここは徹底した防護壁が張り巡らされており、様々な魔法を実践できる。特別な円形闘技場だ。

救世主であるアイリさんの魔法がどれほどの威力を生むかわからないので、常にここで魔法の特訓をしているのだとか。

「以前、マキア嬢が大広間で放った〈紅の魔女〉の魔法も、ここ魔法闘技ドームですべき規模のものでしたね」

「あ、あはは。その節は本当にすみませんでした……」

ユリシス先生は冗談ですよと笑って言うが、私は居た堪れない気持ちに。

「あれから、何かわかったことはありますか？〈紅の魔女〉の魔法について」

「い、いいえ。特には」

五百年前に存在した、私のご先祖様である〈紅の魔女〉。

彼女は古い魔法のレシピを我がオディリール家に残していたが、そのレシピには日々を綴った日記と、彼女の使っていた魔法が隠されていた。

先日の舞踏会で私はその魔法の一つを使ってしまい、反動でしばらく寝込んでしまったのだが、大広間の後片付けとか大変だっただろうな……

魔法闘技ドームの中では、アイリさんが身軽な訓練服を纏い、金の鞘に入った短剣を振りかざし、魔法の呪文を唱えていた。

「イシ・ス・アイリス――現れて、イヴ」

純白の光を放つ魔法陣が展開され、この世のものとは思えない煌めきを纏った、美しいドラゴンが出現した。

「うわあぁ……」

様々な色合いを帯びた聖なる光を纏う、妖精とも思える四枚羽の銀のドラゴン。

ひょろっと長い耳がなんだか可愛らしい。

このドラゴンこそ、アイリさんが召喚に成功した大精霊とのことだ。

「あ、マキアさん！」

ユリシス先生と共にやってきた私に気がつき、アイリさんが手を振ってくれた。

私がアイリさんの背後にいる精霊に度肝を抜かれているので、クスクス笑いながら、後ろに控えるそのドラゴンを紹介してくれた。

「この子は光竜イヴ。とても綺麗でしょう？　長い耳がウサギみたいで可愛いし、それに凄くいい子なの。女の子なんだ〜」

そして、そのドラゴンに「小さくなって」と命じる。するとドラゴンはキラキラ輝きながら、その光を収縮させ、腕に乗れるサイズにまで小さくなった。

凄い。もう精霊の召喚形態を操ることができるなんて。

「アイリはここ二千年の間、出現が記録されていない伝説のドラゴンを呼び出したのです。

歴代の救世主も高位の精霊を呼び出す傾向にありましたが、伝説のイヴをここで拝むことになるとは思いませんでした」

目を細め、その銀のドラゴンを見上げるユリシス先生。

数多くの大精霊を従えている精霊魔法の天才がこう言うのだから、とても凄いことなんだろう。目の前の圧倒的な眩さと、体を包み込むような温かな光で、それが理解できる。

誰もが、この精霊を召喚したアイリさんに、大きな期待を抱いたに違いない。

「ところで、マキアさんの精霊は？」

「え」

「ルネ・ルスキア魔法学校では、最初に精霊を召喚するんでしょう？」

ふと、学校の精霊召喚の儀でバカにされたことを思い出してしまったが、私はフルフルと首を振る。

「マキア嬢。あなたの精霊をここに召喚して、アイリに見せてあげてくれませんか？　あの二匹はとても愛らしいので、きっとアイリを癒すと思いますよ」

ユリシス先生も、私の肩にポンと手を置いて、そう後押ししてくれた。

私は「はい！」と元気よく頷き、前に手をかざし、足元に精霊召喚の魔法陣を二重にして展開する。

「メル・ビス・マキア——現れよ、ポポロアクタス、ドンタナテス！」

きっと回し車を一心不乱にカラカラ回しているであろう二匹のハムちゃんを、魔法で強制的に召喚。二匹のハムちゃんは魔法陣の隅っこにポテッと座り込み、鼻をヒクヒクさせている。小さなお口を三角形にして。ほら可愛い。

「ハムスター……？」

「はい。私の精霊は、ドワーフハムスターのポポロアクタスとドンタナテスです。ほら、おいで〜、ドンポポ」

二匹は手のひらの上まで競争でもするように、テチテチカサカサ登ってくる。

この子たちはご先祖様である〈紅の魔女〉に仕えた精霊。本来の名前は長ったらしいので、黄色い方をドン助、白い方をポポ太郎と呼んでいる。二匹をまとめてドンポポだ。

ヘケラッと笑って、毛づくろいをしてみせたり、指をぺろぺろ舐めたり。

「うわあああ、可愛い〜っ！」

アイリさんは目を輝かせ、私のハムちゃんたちにメロメロだ。

私の手の上のハムちゃんに顔を近づけ、小さな頭や背中を指で優しく撫でる。そして、

「元の世界でね、小学生の頃だったかな、ハムスターのアニメが子どもたちの間で流行ってて、みんなハムスターを飼ってたんだ」

「あ、それ……」

知ってる。思わずそう言ってしまいそうになり、慌てて口を押さえた。

うちにも世間のハムスターブームに乗って、兄がおねだりして飼ったハムちゃんがいた。

「ハムスター、私も飼いたかったんだけど、お母さんにダメって言われちゃって。あ、でも小学校で飼ってたハムスターを、私、ずっとお世話してたんだ。生き物係だったから」

楽しげに語っていたのに、ふと真顔に戻った時のアイリさんの目の色は、少し、陰っていた……

「アイリ様」

その時、アイリさんの背後からヌッと出てきた人物がいた。

王宮魔術院の制服からして、王宮の魔術師だ。サラサラのダークブラウンの髪に、緑色の瞳、インテリ眼鏡を押し上げる姿が特徴的な、落ち着いた雰囲気の若い男性。

「今日の授業はこの辺にしておくかね」

どうやらアイリさんの、魔法の専属教師のようだ。

「すみませんユージーン」

王宮魔術師のローブの右肩には、最上級位を表す金の腕章が……

「いいえ、殿下。そろそろアイリ様がお休みになりたいとゴネだす頃合いでしたので」

「そんな事ないよ、ユージーン！」

アイリさんは両手を上げてプンプンに怒っていたが、ユージーンという魔術師は眼鏡をキラリと光らせ、それを指で押し上げながら「では私はこれで」と。

立ち去る際に、僅かに私に視線を向けた気がしたが……

「あ。あの人はね、私に魔法を教えてくれている、王宮魔術師のユージーン」

「ええ、存じ上げております。百年に一人の逸材、エレメンツ魔法学の第一人者、ユージーン・バチスト」

王宮魔術師を目指す者は誰だって知っている。

彼は若くして様々な功績のある、王宮筆頭魔術師だ。

「ユージーンは凄いんだよ。あたしのアンチエレメンツ体質を一番理解してくれるし、できないことや、知らないことをいつも分析して、丁寧に教えてくれるの。ちょっと手厳しいけど、凄く……頼りにしてるんだ」

アイリさんは、彼の背を見送りながら。

その視線からは、彼に対する強い信頼を感じる。

「ユージーンも、守護者にしてあげたかったな」

そして、アイリさんはポツリと呟いた。思わず漏れてしまった本音だろう。

私より、ずっと、守護者になるべきだった人。なって欲しかった人。

「あ、そうだ！　マキアさんのことみんなに紹介したいの！　こっちに来て！」

「わっ、アイリさん⁉」

アイリさんは私の手を引っ張り、この魔法闘技ドームから連れ出そうとする。

「こらアイリ！　次は精霊魔法の講義ですよ」

背後で、ユリシス先生の叱るような声を聞いた。

「ごめんユリシス！　あとでちゃんとやるから！」

だけどアイリさんはこれを軽やかにかわし、コロコロ笑いながら、私の手を引いて走る。

凄い。大物たちを相手に、まったく引けをとらず、常に明るく自分に正直だ。

物語の主人公って、確かにこういう女の子。

だから、か……

廊下を通り過ぎる、アイリさん付きのメイドや使用人、警備を担当している若い魔法兵たちなどが、私に向かって、どこか冷たい視線を投げかける。

嫉妬（しっと）。疑念。困惑。敵意じみたものまで。

「どうしてあの娘がアイリ様の相談役に……」

「そもそも、あの〈紅の魔女〉の末裔（まつえい）だっていうじゃないか……トール様のことを奪おうとして、アイリ様に近づいていると聞いたぞ」

「いかにも、やりそうな娘だ」

誰も、私が守護者になったことを知らない。

舞踏会の件があったからか、妙な噂話まで広がっているようだ。

でも、私も人のことを言えない。守護者としての自覚や覚悟なんて、まだないもの。

もしかしたら、トールも最初はこんな扱いを受けていたのかもしれないな。

異国の、奴隷の出身だとか、散々言われて……

王城とドームを繋ぐ白いタイルの歩道が、ピンク色と黄色のバラ園を突っ切っている。

王宮勤めの者や、王宮に用事のある者がちらほら行き来しているが、アイリさんは彼らの視線を気にすることもなく、むしろ愛想よく手を振っていた。

「……あれ？」

行き交う人の中から、視線を感じて、ふとそちらを見た。

驚いたことに、ルネ・ルスキア魔法学校で同級生のベアトリーチェ・アスタが、少し遠い場所からこちらを見ていた。流行の、エメラルド色のドレスがよく似合っている。

声をかけようと思ったが、彼女は自らの執事と共に、そのまま城内へと入ってしまう。

まあいいか。おーいって手を振るほど、仲がいい訳じゃないし。むしろその逆だし。

「おーい！　ライオネル！　ライオネル〜、こっちだよ！」

代わりにアイリさんが、誰かを呼んで空に向かって手を振っている。

空を旋回していた天馬が一頭降りてきた。その背中には、騎士団の制服を纏った精悍な青年が乗っている。

守護者の中で最年長の、ライオネル・ファブレイだ。

王宮敷地内とはいえ、こうやって空からアイリさんを見守っているのだろう。

「お呼びでしょうか、アイリ様」

「うん。マキアさんに、改めて紹介しようと思って」

アイリさんがそう言うと、ライオネルさんは彼女の隣にいる私に気がつきニコッと笑う。

この人は、私のことをあからさまに敵視している感じではないが……

逆に言うと、掴み所のない人でもある。騎士団副団長というだけあって、纏う空気に隙がないのだった。

ライオネルさんはマントを翻し天馬から下りると、胸に手を当て、

「改めまして。ルスキア王宮騎士団副団長ライオネル・ファブレイと申します。歳は二十六。同じ守護者の一人として、どうかお見知りおきを。マキア・オディリール嬢」

「私こそ、副団長様には何度も助けていただき、感謝しております」

私もまた、ドレスを摘んで、軽く会釈をする。貴族令嬢としての嗜みだ。

普通、私くらいの年頃の女の子だったら、騎士団の団長や副団長は憧れとトキメキの対象だったりするのだろう。しかし今の私にそんな余裕もなく。

「ハハハ。そう緊張せずに。トールからマキア嬢の話はよく聞いていた。あいつは君のことを暴君令嬢と言っていたが、いやはやどうして、慎ましく可憐なご令嬢ではないか」

「え……」

白い歯をキラリと光らせ、臆することなくそんなことを言うライオネルさん。

私は彼の褒め言葉より〝暴君令嬢〟の部分に顔を引きつらせる。

あの野郎、こっちが必死に謙虚な令嬢を演出しているのに、なんてことを……っ。

「あなたは以前、薬園島でアイリ様を助けて下さった。あの時のレディが守護者になるとは思わなかったが。いや、すでにその片鱗はあったと言うことだろうな」

「あの時は、班員たちが優秀でしたので」

思わず苦笑い。私も守護者の一人になるなんて、考えもしなかった。

アイリさんが隣でくすくす笑いながら、

「ライオネルは凄いんだよ。庶民の出なのに剣と魔法を究めて、騎士団の副団長にまで上り詰めちゃった。〝リガーナの英雄〟って言われていて、前にリガーナ地方の国境で暴れていた魔物の大鬼を退治したんだよね」

「魔物の大鬼、ですか？」

私が繰り返すと、ライオネルさんは「ああ」と頷き、

「マキア嬢は〝魔物〟を見たことはあるかい？」

「いいえ。話に聞いたことがある程度で、見たことはありませんが」

それは、精霊と似ているようで、対極に位置するもの。

ルスキア王国は精霊の加護が強く、魔物に遭遇することはほとんど無い。だが稀にこの国にも出没し、その際は騎士団が討伐に向かうことになっている。

魔物は、大魔術師〈黒の魔王〉が下僕として従えていたことでも有名だ。凶暴で凶悪。人類の敵であり、駆逐すべき存在。それが魔物なのだと……

「最近は特に、魔物の目撃情報が相次いでいる。私も明日、国境付近に向かう予定だ」

「……ライオネル、また討伐に行っちゃうの？」

アイリさんは眉を寄せ、心配そうに彼の顔を見上げる。

「大丈夫。すぐに調査して、あなたの元に戻ってくる」

ライオネルさんはそう誓った。アイリさんの頭を、優しく撫でながら。

「そうだ。お二方、騎士団の稽古場に来ないかい？　ちょうど今、若い者たちが剣の稽古をしているところだ。アイリ様がいらっしゃったとあれば、覇気も上がるかと」

何を企んでいるのか、彼は人差し指を立ててニコッと笑う。

私とアイリさんは、なんだかよく分からず顔を見合わせたのだった。

騎士団が使う施設は、王宮敷地内の西側に集中している。

天井のある野外訓練場には、威勢の良い声と剣の重なり合う金属音が響いていた。

「アイリ様だ！」

「救世主様！」

そこでは、まだ十代から二十代前半の若い騎士たちが日々の訓練をしていて、アイリさんの登場に沸き立つのだった。

彼らにとって守るべき〝姫〟とはアイリさんに他ならない。アイリさんを囲む若い騎士たちの勢いが凄くて、私はその輪から弾(はじ)き飛ばされた。

アイリさんはにこやかに笑い、騎士たちとも気さくに会話をしている。

その笑顔を見る度に、彼らは彼女を守るべく、稽古にも身が入るのだろう。

私はと言うと、部外者感が凄くて居た堪(たま)れず、少し離れて控えていようと思い、訓練場の天井を支える大きな柱の裏側へと回ったのだが、

「あれ、お嬢？　なぜここに？」

「ん？　トール？」

何と、外の噴水で顔を洗っていたトールが、前髪に雫(しずく)をつけたまま私を見つけた。

しかもトール、稽古後とあって上半身裸だ。

「あ……っ」

私はこの悪女めいた見た目の割に、かなりの乙女。

鍛え抜かれた青年騎士の身体を直視することができず、柱に背をくっつけたまま硬直し、

露骨に目を逸らしてしまった。

多分トールは、それを見逃さなかったんだろう。

「……おや。なぜ目を逸らすんです？」

ニヤリと意地悪に笑うと、わざとらしい物言いで私に近づいてくる。

そして柱に手を当てて、私を覆うようにして見下ろす。

ポタポタと前髪の雫が零れ、私の鎖骨を濡らした。

顔を真っ赤にして、あわわ、あわわとしていると、トールがプッと噴き出して、

「お嬢は意外とウブですよねえ。その様子では、魔法学校での心ときめく青春はまだと見た」

「く、くそう……っ、トールめ」

私をからかって遊ぶ癖が直ってないトール。

悪い子なので腹筋に連続パンチをきめ込もうとしたが、

「お嬢、本当に守護者になるおつもりですか？」

トールが真面目な顔をして、小声で私に問う。

私に守護者の紋章が現れてから、二人きりになったのは初めてのことだった。

「それは……っ、私にはどうしようもないわ。あなたが、守護者にならなければならなかったのと、同じように」

「俺は嫌です。あなたにはあなたの決めた道があったはず。オディリール家はどうなるのです。子どもの頃の誓いを、俺は忘れていない」

「……トール」

私はトールを見上げた。

真剣な眼差しの向こうに、彼の大きな葛藤を見る。

私たちはかつて、お互いに偉大な魔術師になろうと誓った。そして、私はオディリール家の立派な魔女男爵になり、トールはその騎士であろうと……

だけど、子どもの頃の夢とは儚いものだ。

現状を覆し、それを叶えるほどの力を、私は持っていない。

「ごめん、ごめんねトール。私、どうしてこんなことになったのか、自分でもよくわからないの。今もまだ混乱していて……私」

「お嬢。俺は別に、あなたを責めているわけでは……っ」

トールは続けて何か言おうとして、それを躊躇った。

スッと離れて、私の方に背を向ける。

逞しい背中には、痛々しい無数の傷痕があった。二年前には無かったものばかりで、私は彼が守護者として辿ってきた数多くの争いや戦いを知る。

トールは私に、同じような目にあって欲しくないのだろう。

そう思ったら、ブワッと涙が零れそうになってしまって……

「おーい、トールがまた女の子泣かせてるぞー」

「どうせまた、こっぴどく振ったんだろー」

「!?」

真横から若い騎士たちの声がした。

いつの間にか数人の騎士が私たちの側に集まっている。トールは慌てて、

「違う！　この人は俺の主人だ！」

私の方を指差しながら、強く否定した。こら、元お嬢様を指差すんじゃない。

「ほー。例のトールの、おっかないお嬢様か」

「いっつも〝お嬢〟のことばかり話してるもんなー、お前」

「海賊を島流しにしたり、盗人を鞭打ちしたって本当ですか？」

トールはこの若い騎士たちに、何を語ってしまったのか……

だが、同じ年頃の騎士たちとも上手くやっていそうで、私は少し安堵した。

オディリール家にいた時は、同じ年頃の男子と触れ合う機会が、あまり無かったから。

「トール！　お疲れ様！」

「わっ」

そんな時、駆け寄ってきたアイリさんがトールの腕に抱きついた。

「アイリ様。俺、汗だくですから。汚れますよ」

「別にかまわないよ。トールだし」

私があれだけ直視できなかった上半身裸のトールに抱きつく、だなんて。

びっくりついでに涙も引っ込んだ。それと少し……胸の辺りがチクリと痛い。

「ハハハ。おまえはほんと罪作りな男だな、トール。また他の騎士たちに嫉妬されるぞ。ギルバート殿下にもな」

ライオネルさんは腰に手を当て、爽やかにウインク。

確かに少年騎士たちは、アイリさんに抱きつかれているトールに、ギリギリと歯ぎしりをしたり、爪を噛んだりして嫉妬を隠せずにいるようだった。

ここにギルバート王子が居なくてよかった……

「…………」

また混み合ってきたので、私はじわじわとこの場から離れ、城の中へと逃げる。

妙な苛立ちと、焦りを覚えていた。

アイリさんとトールの仲睦まじい様子に、心がざわざわすると言うのもあるけれど、今のトールと私は、何だかかなり、遠い気がして。

子どもの頃は、いつも一緒にいた私とトール。

トールに抱きついたり、甘えたり、わがままを言ったりしていいのは、私だけだった。

だけど今は違う。

お互いに守護者となった以上、迂闊に触れ合うことはできなくなった。

ただの、私の、一方的な片想い。

この気持ちを抱いたまま、私はこれから、トールとアイリさんの絶対的な主従関係を見守り続けることになるのだ――

「どうしたのマキアさん。怒ってる？」

私を追いかけてきたのだろうか。アイリさんが心配そうにして、私の顔を覗き込む。

「アイリ……さん……」

「もしかして、あたし、何かした？」

「いいえ。少し人混みに、酔っただけです……」

アイリさんは不思議そうな顔をしていたが、私は深呼吸をしてざわつく心を落ち着かせ、気持ちを切り替えた。

自由気ままな恋愛は許されないとわかってはいるものの、トールに会うと、密かな恋心を意識してしまう。

そして、トールとアイリさんの触れ合いに、勝手に傷ついているのだった。

その日、アイリさんに王宮のあちこちへ連れて行ってもらい、多くの人に出会った。

私があまり歓迎されていないのも何となく分かったけれど、敵意剝き出しのギルバート王子が居なかっただけ、平和だった気がする。

夕方、よろよろしながら城を出て、王都の水路沿いを歩いていると、

「あれ。ベアトリーチェ？」

ルネ・ルスキアの同級生であり、ライバル関係にあるベアトリーチェ・アスタを、また見かけた。

いつも連れている執事君もおらず、たった一人で水路沿いに並ぶベンチに座って、ぼんやりとしている。というか、手に持つ何かに、視線を落としている？

彼女の前を通っても、わざと咳払いしても、気づきやしない。

だからちょっと脅かそうと思って、後ろに回って背後から声をかけた。

「ねえ。何してるの？」

「⁉」

ベアトリーチェは跳ねるように立ち上がり、バッと私の方を振り返る。

「マ、ママ、マキア・オディリール⁉」

狙い以上の反応にニヤニヤしていると、ベアトリーチェは私をキッく睨みつけてきた。

「あなたこそなんで王都にいますの⁉　田舎に帰ったのではなくて！」

「さっきもアイリ様と一緒に、王宮にいたんだけど。あなた、私に気がつかなかったの？」

「アイリ様……救世主様と……？」

ふっと、ベアトリーチェの表情が陰る。

どうしたのだろう。特にアイリさんと関係があるようには思えない。

「ところで、その手に持ってるの、何？」

「あっ、これは」

ベアトリーチェは手に持っていた何かを、後ろに隠す。

チラッと見た限り、小さなブローチのようだった。

「なんで隠すのよ。ライバルのよしみで見せなさいよ」

「ふ、普通、ライバルには見せませんわ！」

と、言いつつも、私があまりに興味深そうな顔をしていたからか、彼女はおずおずとそれを見せてくれた。

青みの強い、シンプルで小さめのオパールのブローチ。女性用だか男性用だかわからないが、良い代物だと言うのがわかる。

「うわあ、綺麗なオパール。流石、いいもの持ってるわねえ」

「わ、わたくしのでは……ありませんわ！」

「そうなの？」

「借りていたものをお返しに来ただけです。でも、ずっと会えていないので、返せないのですわ」

「ふーん……そう」

わざわざ王宮まで出向いて、誰に返そうとしているのだろう？

「ははーん。さては恋人ね～？」

私はわざとらしく彼女をからかう。一方、ベアトリーチェは顔をブワッと赤らめ、

「ちっ、違いますわ！　こ、ここ、恋人だなんて……っ、ありえませんわ！」

予想以上にウブな反応。おきまりの「ありえませんわ！」もいただきました。

ただ彼女の表情は徐々に、どこか切なく、虚(うつ)ろになっていき……

「恋人だなんて。……もう、遠いお方です」

そう、ポツリと呟(つぶや)いた。

ブローチを胸元にぎゅっと握りしめたまま、ベアトリーチェは長い金髪をなびかせ、カツカツとヒールを鳴らして立ち去る。向こうで、あの執事君が待っていた。

いったい、何だったのだろう？

第三話　救世主を守る者たち（下）

真夏のミラドリード。

眩（まぶ）しい太陽の光が、彩度の高い街の建造物や装飾、この時季になるとあちこちで咲いているひまわりの花を一層照らして、華やかな街並みを作り上げていた。

今日は救世主アイリにお茶会に呼ばれている。建物の間を流れる水路をゴンドラで移動し、日陰を歩いて、王宮に向かっているところだ。

城内に入るには、専用の手形が必要で、守護者となった私はそれを支給されている。

アイリさんの住まうノースパレスの最上階まで行くのは初めてだ。何度も衛兵にその手形を確認されるのだが……

最上階に着くや否や、初めて会う背の高いメイドが、私の前に立ちはだかった。

「あ、あの、私、アイリ様に呼ばれて来たのですが」

「アイリ様に……？　そのようなお話は伺っておりませんが」

その人は、黒いメイド服に、白いエプロン、髪をきちっと白いメイド帽子の中に入れている、絵に描いたようなメイドだ。

だけど目つきは鋭く声音はハスキーで、体格がよく、鼻の上に一直線の傷がある。どう見てもカタギじゃない感じが凄い……っ。

「あ、マキアさん！　ごめんね、あたし寝坊しちゃったの！」

メイドの後ろでネグリジェ姿のアイリさんがバタバタしているのがチラッと見えた。

すぐに着替えて飛んできたアイリさんが、

「紹介するね。彼女は私のメイドたちを束ねる、メイド長のクラリッサ。なんでも出来るし、凄い人。ていうか超人？　ちょーっと口うるさいけど」

クラリッサというメイド長は、いまだ私を威圧感たっぷりで見下ろしてから、

「なるほど。あなたが最後の守護者マキア・オディリール様ですか。アイリ様にお仕えする際の心得を、一通りお教えしたいと思っていたところです」

「ちょっとクラリッサ。マキアさんはメイドじゃないんだよ!?」

「守護者とは救世主の忠実なる僕。どのような状況下でもアイリ様に寄り添い、お役に立てねば価値のない存在です。たとえ貴族のご令嬢であろうとも、アイリ様を蔑ろにし、わがまま放題では困りますから」

この人は私が守護者であることを知らされているのだろう。

そして、この試すような口ぶりとキツい視線。あまり貴族令嬢に良いイメージがないのか、単に私に良いイメージがないのか。

私はと言うと、まあ夏休みの間は暇だし、メイドの職業体験も悪くないか、くらいに思っていたのだが、

「でも今日はお茶だからね！　早く用意してきて！」

アイリさんが私の手をひっぱり、彼女専用の広々としたバルコニーに連れて行く。

そこには白いガーデンテーブルがあって、アイリさんはいつもここで守護者たちとお茶をしているのだと言う。

「ふう。クラリッサってほんと頭固いし極端なんだから。ごめんねマキアさん」

「いえ……そんな」

「あのね、クラリッサは本当に凄いの！　元々は王宮のトップ魔法兵だったらしくて、前にメイドの一人があたしの命を狙った時に、命がけで庇って守ってくれたんだ。鼻の上にある傷は、その時に出来たもの」

ガーデンテーブルに座り、お茶とお菓子を待つ間、アイリさんは頬杖をついて信頼するメイド長について語る。

そういえば、メイドの一人に命を狙われたことがあるという話は、前に聞いたことがあるかもしれない……

他にも、救世主と守護者たちで乗り越えたことや、解決した事件の話を聞いた。

アイリさんの存在は夏の舞踏会まで公表されていなかったから、それまでの活躍はあま

り知られていない。だけど、色々とあったのだという。

王都の美術館から盗まれた宝石を怪盗から取り戻したり、詐欺を働いていた店に潜入して悪事を暴いたり、近隣の村を襲った盗賊団を壊滅に追い込んだり……

「トールもね、あたしの無茶を聞いてくれて、たくさん力を貸してくれたんだ。前に盗賊の男たちに攫われた時、トールが命がけで助けにきてくれたの。そして、身を挺して庇ってくれたんだ。背中に傷を負ってまで。とてもかっこよかったな……」

「そう……なのですね」

トールの背中の傷には、それだけ多くの事件と、理由がある。

痛かっただろうな。傷が残っていると言うことは、手当てをする暇もなく忙しくしていたと言うことだろう。今は魔法や魔法薬でどうにでもなるのに。

ぐっと膝の上の手を握りしめ、複雑な感情を隠すことに必死になっていたら、ちょうどメイドたちが、お茶のセットを運んできた。

王宮御用達の陶器のティーセット。一級品の茶葉。お澄まし顔のメイドたちが目の前で紅茶を淹れ始め、色んなお菓子の並んだ三段スタンドをテーブルの真ん中に置く。

私がいつも食べている田舎のお菓子とは違う、洗練された都会のお菓子たち。

瑞々しいメロンのショートケーキ、王都の名物レモンパイ、オレンジピールのチョコレートや、様々な貝殻の形をした可愛いマドレーヌなどが並んでいる。

その中でも、ひときわ目立つ緑色のケーキがあった。

「わあ、綺麗な緑色」

「そうなの！　あたしのオススメはこのピスタチオのムースケーキ！　ルスキア王宮の伝統的なお菓子で、異国のお客さんに出すものなんだって」

「確かにピスタチオは、レモン、オリーブに並ぶ、ミラドリードの名産品ですものね」

このピスタチオのムースケーキには、木苺のソースをかけていただくらしい。

添えてあった小瓶から真っ赤なソースをかけると、鮮やかな緑と赤のコントラストを、目で楽しむことができる。いざ一口食べてみると、濃厚かつクリーミーなピスタチオのムースが、口の中で香り豊かにとろけた。何という極上のひととき。

木苺の甘酸っぱいソースが、上品だがぼんやりしがちなムースの味を引き立て、目覚めるような美味しい一瞬を生み出したのだ。

「凄い……」

そう。言葉がこれしか出てこなかったくらい。

「ふふふ。あたしも初めて食べた時びっくりしちゃった。元の世界でこんなに美味しいケーキ、食べたことなかったから。だけど時々、あっちのご飯も食べたくなるなあ……」

アイリさんは憂いのあるため息をついた。

その気持ち、私にはよくわかっているのだけれど、知らないことにして尋ねてみる。

「元いた世界では、どのようなお食事を？」

「うーん、やっぱりお米かなあ。ルスキア王国にもお米のお料理ってあるけど、日本のとはちょっと違うから。お寿司やカレーライスが食べたいのに」

「……お寿司や、カレーライス」

「あ。よくわかんないよね。私も上手く説明できないから王宮の料理人も困っちゃうの」

「…………」

いや、よくわかる。元の世界の食べ物と、その郷愁。

お米を手に入れアプリコットで梅干しもどきを作って、なんとか梅干しおにぎりを作ったのは最近のこと。

私もお寿司やカレーライス、食べたいなあ。

だけど、このルスキア王国でそれを食べるのはなかなか難しいことも良くわかっている。

「アイリさんは、元の世界に帰りたいと思うことはありますか？」

私はずっと疑問だった。

あの日、あの時、あの場所で、彼女は確かに刺されて倒れていたはず。

だけど、アイリさんは、私と違ってこの世界に転生した訳ではないようだ。

アイリさんは私の質問に対し、

「ううん。全然。確かに食べ物だけは恋しいって思うこともあるけれど、あんな世界より、メイデーアの方がずっと楽しいし。この世界はあたしの理想の世界だもん。みんながあたしのことを必要としてくれる、思い描いていた通りの世界……」

そう言いながら、視線を目の前の紅茶に落とすアイリさん。

「だけど、帰りを待っている人もいるのでは……」

「マキアさん」

私の言葉を遮るように、アイリさんは私の名を呼んだ。

ちょっと驚いたが、彼女は変わらずにっこり笑顔のまま、

「その敬語、そろそろやめない？　あたし、マキアさんと対等なお友達になりたいの」

「敬語を、ですか？」

それは、どうなんだろう。私が敬語をやめた時のことを少し想像してみて……

「ギルバート殿下にお叱りを受ける案件ですね」

私が青ざめていると、アイリさんはとても必死になって私を説得しようとする。

「ギルにはあたしからちゃんと言うから！　ね、あたしのこともアイリって呼んで？　あたしもマキアって呼びたい」

「……ですが」

「マキアって、変わった名前だけど、素敵な響きだよね。魔女っぽいって言うか」

そういえば……

前世で親友だった田中さんにも、下の名前で呼び合おうと言われたっけ。

その時、私は首を振り拒否した。

親友にも、幼馴染みにも、下の名前で呼ばせなかった。自分の名前が、なぜか全然しっくりこなくて好きじゃなかったから。だけど……マキアと言う名前は、大好きだ。

「わかりました。では、二人の時は、アイリ……と呼ばせてください」

「本当⁉」

「ええ。私のことは、いつでも、マキアと」

アイリさんは満面の笑みで「マキア！」と呼んだ。

彼女は人懐っこい子犬のようで、可愛らしい。

「あたしたち、これからお友だちだね！　よろしくマキア！」

「…………」

当然だけど〝田中さん〟と同じで愛嬌があり、他人と距離を縮めるのがとても上手い。

この無邪気な様に、かつての私〝小田一華〟は、少しばかり救われていたこともあるようで、前世の友情を微かに思い出せる。

アイリの、子どもっぽく純粋なところや、素直すぎるところは、生真面目で堅苦しい日々を送っていた前世の私には、無かったものだったから。

異世界の救世主という立場で一層、神聖なものに見えたりもする。

「ですが、敬語だけはお許しください。やはり、その方がアイリを大切に思うギルバート殿下のお心も穏やかかと思いますので」

「……なんか、ごめんね、マキア。ギルのこと、嫌味なやつだって思ってるでしょう？　いつもマキアにつっかかってるし」

「そ、それは」

否定できない。会うたびに色々言われるのは地味にストレスが溜まる。

「ギルは確かに怒りっぽいけれど、でもすごく真面目で、努力家で一途で、繊細なの。疑り深いのは、疑っていないと守れないものがあることを、知っているからだよ」

彼女は眉を寄せ微笑み、横髪を耳にかけながら、教えてくれる。

「あたしね、そんなギルにも、たくさん助けられたんだ」

アイリは、ギルバート王子のことも、信頼し、よく理解している。

だからあのギルバート王子も、アイリを大切に思っているのかな。

救世主だから、という訳ではなく、一人の女の子として。

お茶の後、私はまたアイリに連れられ、王宮の廊下を歩いていた。

「班長じゃん。よっ」

廊下の向こうから、よく知った男がフラフラした足取りでやってくる。

「フレイ。あんたなんでここに⁉」

「なんでって、一応俺、ここの第五王子なんだよなあ〜」

「あ、そうだった」

我がガーネットの９班では、年上好きのチャラ男キャラなのですっかり忘れていたが、目の前の同級生フレイ・レヴィはルスキア王国の第五王子なのだった。

魔法学校ではその身分を隠していたが、この前の夏の舞踏会で公になり、色々あって夏休みの間は王宮に戻っているらしい。

「つーか班長こそ何でここにいるんだよ。舞踏会のことで呼び出されたのか？」

「そ、それは……」

私に守護者の紋章が現れたことは、今はまだ非公表ということになっている。

とはいえ、彼は第五王子。言ってはいけない、というのも変な話なんだけど……

アイリが後ろから「マキア、マキア」と私の肩をチョンチョンと突いた。

私は慌てて、アイリにフレイを紹介する。

「すみませんアイリ。こちらはフレイ。あ、フレイ殿下って呼んだ方がいいかしら？」

「なんで疑問形なんだよ？」

フレイが私の頭を軽く小突く。その様子を見てアイリはクスクス笑った。

そして手を後ろで組み、背の高いフレイを見上げて尋ねる。

「君、あの無人島であたしを助けてくれた男の子の一人だよね。マキアと一緒にいた」

「ええ。俺はルスキア王国第五王子フレイ・レヴィ・ル・ルスキアと申します。再びお目にかかれて光栄です、救世主アイリ様」

おお。普段はあんなにへなちょこなのに、王子らしい格好をして、それなりの振る舞いでシャキッとしたら、ちゃんと王子に見えるのねえ。

「ふふっ。まさかルスキア王国の王子様だったなんて、びっくり」

「まあ俺、王宮にほとんどいないっすからねー」

フレイの態度や言葉遣いは相変わらずで、緊張感漂う王宮内では、妙に安堵を覚える。

アイリも彼とは話しやすいみたい。

「はあ〜。つーか俺、ほんと早く学校に帰りたいんだけど」

突然フレイがため息をついて、側の壁に背をつけ、愚痴をこぼし始めた。

「ん？　何かあったの？　フレイ」

「俺ってさ〜、母親が王宮から追い出されてるし、後ろ盾がないんだよな〜。マジでどいつもこいつも俺に冷たいワケ。ここに居るくらいなら魔法学校の方がマシだ。薄い存在感が心地いいネロとか、生ごみを見るような視線が痺れるレピス嬢とか、偉そうだけど時々役に立つ班長といた方が、数倍マシっていうか」

「ん？　あなた今私のこと何て言った？」

「役に立つって褒めたんだよ。あーあー。早く夏休み終わんねーかなー」

いやそれ褒め言葉じゃないから。

しかし確かに、ネロやレピスは今頃何をしているのか気になる。家族とゆったり過ごしているのかな。早く会いたいなあ。

「あ、ギル！」

アイリの華やいだ声に、私もフレイも、ビクッと肩を上げた。

あのギルバート王子が、廊下をズカズカ歩いてこちらにやってきていることを、背中に迫る敵意みたいなもので察知したから。

そう。ギルバート王子は、私と、腹違いの弟であるフレイが大嫌い。

「お疲れ、ギル！　ここ最近忙しそうだけど、今日は一緒にいられそう？」

「すまないな、アイリ。もう少ししたらまた行かねばならない。我が国で行われることになった同盟国会議の準備を任されているのだ」

彼はアイリの肩に触れ、彼女の前では甘い表情をして優しく声をかけているが……

ギロリ、と。こちらには嫌悪感剝き出しで睨みつけてくる。

「フレイ、貴様こんなところで何をしている？」

「何って別に。救世主様と、うちの班長と、楽しく話をしてただけですけどー？」

フレイもフレイで、煽るような口調だし。

「その態度。その態度が気に食わんのだフレイ！　お前のような不真面目で不埒な男が、アイリの周りを飛び回ることは許さん！」

「飛び回るって。人のことハエみたいに言わないでくださいよ。相変わらずめんどくせー人だなあ」

フレイは前髪をかきあげながら、横目で自らの兄を見た。

「俺だけじゃなく、そこのマキア嬢とか、あの奴隷出身の騎士にもつっかかってましたよねえ。ほんと兄上は、わかりやすい」

「な……っ、何⁉」

「兄上がやたらと敵視なされる人間は、生まれにちょーっと問題があるけれど、優れた能力を持った者ばかりだ。王族のプライドと、劣等感が入り乱れ、嫉妬が怒りに変わっちゃって。つーかなんであんたが守護者に？　魔法が全く使えないくせにー……」

「黙れ！」

フレイに掴みかかるギルバート王子。そんな兄に対し、したり顔なフレイ。

いよいよ本格的な喧嘩が始まりそうな雰囲気だった。私はハラハラしてしまったが、

「二人とも、やめて」

アイリが普段と変わらない声音で、二人を止めた。

「仲良くしてよ。ここは私に免じて。ね？」

「アイリ……」

　いつの間にか、周囲に王宮の使用人たちの野次馬ができていた。

　ギルバート王子とフレイは、お互いにまだ何か言いたそうだったが、アイリの無垢な笑顔の前に何も言えなくなっている。凄い……

　二人の王子の言い合いが収まったものの、野次馬たちはまだここに留まり、ざわざわしていた。そんな時、

「お嬢、お嬢。水魔法の気配ぽよ」

「……え？」

　私の肩に、いつの間にかポポ太郎がちょこんと乗っていて、ある方向をじっと見ていた。

　私もそちらに視線を向ける。人混みの中、キラリと光る何かを見た。

　途端に、強い怖気に襲われて、私は叫ぶ。

「アイリ、伏せて！」

　私はアイリの背を押した。すぐに、私の真横を細いナイフのようなものが通りすぎる。

　ナイフは真後ろでふわっと気体に変化し、空中に散って消えた。

　この魔法は、証拠を残さない魔法の小刀〝霧の刃〟。

　魔術師が暗殺に使う上級の【水】魔法で、霧を構築する水分に毒を溶かすこともある。

一瞬、体を襲った強烈な水の〝敵意〟のせいで、今も震えと鳥肌がおさまらない。

私はポポ太郎に「水魔法の痕跡を、追って」と何とか命じた。ポポ太郎は「ラジャ」と答え、テチテチと人混みの間をすり抜けて行ってしまった。踏まれないでね。

「誰も動くな！　犯人が紛れているぞ！」

ギルバート王子の声が響く。この場にいる者たちを全て捕らえよと叫んでいる。

王宮の廊下は騒然としていた。

「班長！　おい、大丈夫か」

意外にもフレイが心配して駆け寄ってくれる。

「私は大丈夫。袖を掠っただけ」

「いやめっちゃガチガチに震えてるけど」

「これはもう不意な水魔法に対する体の拒否反応というか。ほら私、【火】の申し子だから。それより、アイリ様は……」

アイリは蒼白な顔をして私を見ていたが、やがてぐっと表情を歪めて、制服のスカートを握りしめながら、

「助けてくれなくて良かったのに……っ」

「……え？」

「あたしは死なないんだから！　そう言うの、マキアに望んでないよ！」

「…………」

声音にはどこか怒りを感じる。

言葉の意味がわからなくて困惑していたら、腕からツーと血が流れてきて……

さっきまで全然へっちゃらだったのに、急に体の力が抜けてきて、その場にバタンとひっくり返る。

「おい、班長！　班長！」

なんとなく、フレイの声が聞こえる。

人々の足元から、遠くの廊下の曲がり角からこちらを覗いている者の、長い金髪とエメラルド色のドレスが見えた。その者は、ここから逃げるように立ち去る。

あれは……ベアトリーチェ・アスタだ。

「あーあ。お気に入りの服だったのに。帰って繕わなくちゃ」

袖のところがスパッと切れてしまっている。私は王都の表通りを歩いて帰りながら、切れた袖部分に触れつつ、先ほどのことを思い出していた。

あの後、私は医務室で、すぐに目を覚ました。

腕を掠った霧の刃に毒など含まれておらず、私はただ、血の気が引いてしまっただけのようだ。

王宮内はいまだ騒然としており、アイリの命を狙った犯人を衛兵たちが血眼になって捜している。しかし犯人は、いまだに見つかっていない。

アイリは少し動揺していて、メイド長のクラリッサさんに安全な場所へと連れていかれ、集まった守護者たちに厳重に警護されているらしい。

きっと、大きなショックを受けているだろう。何より、

「どうして……アイリはあんなに怒っていたのかしら」

ゴーン……ゴーン……ゴーン……

私の呟き(つぶや)は、ミラドリードの夕刻を知らせる、重厚な鐘の音が響きによってかき消された。その音に驚いてか、茜色(あかね)の空に白い鳩が舞う。

これはディーモ大聖堂の鐘の音だ。

前に、屋上でフレイを見つけてスカウトした、あの場所。

「大聖堂……か」

いつもは前を通り過ぎるだけだが、この時なぜか、大聖堂に入ってみようと思った。

なんだか心がモヤモヤしていて、とりとめのない不安を感じている。気分を晴らしたかったのもあるし、何か、答えや導きのようなものが欲しかった。

扉は開かれていて、私は聖堂の中へと足を踏み入れる。

中はとても広々としていて、天井は高く、お香の焚かれた神聖な空気に満ちている。

人は疎らに座っていて、それぞれが目を瞑り、指を組んで祈りを捧げていた。

薄暗く、静かだ。誰も私の存在など気にしない。故に、とても心が落ち着く。

「…………」

夕陽が差し込む薔薇窓のステンドグラスは、ミラドリードブルーを基調に、暗い床に窓と同じ形の光と様々な色を落とし込みながら、静寂と共に、そこで私を待っている。

私は鮮やかな光が落ち着くその床の上に立ち、薔薇窓を見上げた。

暗闇に咲く大輪の花。メイデーアという世界の形をも意味すると言う。

もしくはとても尊きものの瞳のようにも思え、私は熱心なヴァベル教徒では無いものの、聖なる眼差しのようなものを、確かに感じている。

「ここディーモ大聖堂は、法と秩序の神〈パラ・トリタニア〉を祀る寺院だ」

背後から静寂を破る声がして、驚いて振り返る。

ちょうど柱の陰になっているところに、一人の司教が立っていた。

立派な白の司教服を纏い、首から灰色の長い帯をかけ、頭には薄いヴェールのかかった司教冠を被っている。

そして、手にはちょっと変わったゼンマイ型の司教杖を持っていた。司教杖を持っているということは、位の高い司教様なのかもしれない。

だけど顔はほとんど見えない。陰になった場所から、その司教は出てこなかったから。

「ルネ・ルスキアの生徒だな。心が乱れてんじゃねーか。悩みか？　どうせクソしょーもねー恋の悩みだろう。それ以外なら聞いてやらないこともない」

「……はい？」

司教らしからぬ口の悪さで、私は聞き間違ったのではないかと大いに戸惑い、首を傾げる。この人、本当に司教様？

「ん？　オメー、腕を怪我しているな？　その怪我の感じは、切れ味の良いナイフでも投げられたか。小娘のくせに一丁前に命を狙われていると見た」

「え、あ」

司教様は、破れた私の袖を指差す。この人、目ざといな。

「狙われたのは……正確には、私の主、と言うか」

言葉を濁していると、司教様は「はっ」と鼻で笑って、

「なるほど。テメー、庇ったんだな」

「……庇った……？」

このやり取りの中で、私はふと、考えさせられる。

あの時、私の体は反射的に動いた。

アイリが、前世の、親友だから……？

それとも、アイリが救世主だから？　私が守護者、だから？

そう言うの、マキアに望んでないよ、と彼女は言った。

なら、アイリはいったい、私に何を望んでいるのだろう。

「ふん。悩める子羊よ、おおいに悩め。悩んで悩んで悩みまくって、しまいにゃ煮えたぎって子羊の蒸し焼きができたら、俺様がバルサミコソースで美味しくいただいてやる」

「……ヴァベル教の聖職者って、お肉を食べてもいいんですか？」

「は？　あたりめーだろ。肉も魚も食わねーと体を鍛えられねーだろ。強くなれねーだろ。何言ってんだテメー。ま、俺様はもう最強中の最強だけどな」

「…………」

教会の司教様に、体を鍛えて最強になる必要性があるんですか？

「おお、これだ！　悩み事は全て、体を鍛えることで解決する。ストレス発散ってやつだ。肉や魚を食べて筋トレをしろ。これが俺様の教えである。クッハハハハッ！」

「あ、もういいです。わかりました。ありがとうございます」

なんなんだ、この脳筋司教。聖域で大声出して笑わないでください。

隙を見て立ち去りたいなーとか、チラチラ扉の方を見ていると、

「おいテメー。また何かあったらここへ来な。聖域は救いを求める者を必ず受け入れる。ただし、マジで悪道に落ちた馬鹿野郎と、ガチで救いようのねえクソ野郎が来たら、この

俺様がぶっ殺してやる。それが〝メー・デー〟。真の救いってやつよ。ククク……クハハハッ」

司教様の方から、特徴的な邪悪な笑い声を上げながら立ち去った。手に持つ司教杖を、乱暴に床に突きながら。

司教様ってのは腹の内側では何を考えているのかわからなくても、表向きは品行方正な聖人ばかりなのかと思っていたのに、表向きからヤバそうな司教に出会ったのは初めてだ。

でも、なぜかあんなお説教でも、少しは心が軽くなっている。

筋トレも、暇な時にしてみようかな、とか思ったり。

「……うわあ」

大聖堂を出ると、紫と紺のグラデーションになった空の彼方で、濃いオレンジ色の光の筋を見た。それがとても綺麗で、どこか懐かしく、切ない心地で……

夏の終わりを、ふと感じた。

第四話　新学期とポテト・レポート

夏休み最後の日。

私は、ガーネットの９班が拠点としている〝ガラス瓶のアトリエ〟の窓際に立ち、温かなサンフラワーティーを飲みながら、ぼんやりと昼下がりの海を眺めていた。

夏の間に咲いたひまわりの花を摘み取り、花びらを乾燥させて作ったお茶だ。ガラスのポットで、レモンピールを加えて淹れると、美しい黄色と爽やかな香りを楽しめる。

そんなお茶の香りとは裏腹に、私は少し、物思いに耽っていた。

王宮の廊下で命を狙われたアイリ。

私はあの時、アイリを庇って怪我をした。その後も王宮に何度か呼ばれて、騎士団にその時の状況など聞かれたりしたが、実はずっとアイリ本人とは会わせてもらっていない。

救世主暗殺未遂事件が王宮内で起こったせいで、彼女に外出禁止令が出ていると言われたが、もしかしたらアイリは私に会いたくないのかもしれない。

彼女を怒らせてしまったし、私のこと、嫌いになったのかもしれない……

今はトールが付きっ切りで警護に当たっているという。

トールともずっと会えていないし、アイリを側で世話するメイドや使用人たちは、私が目立つためにやった自作自演の事件だと噂しており、いつも視線が冷たい。

あの時、霧の刃に気がついたのが私だけで、毒も含まれていなかったから。そしてアイリがとても怒っていたからだ。

自作自演して功績を挙げ、救世主様に取り入ろうとしている、愚かなオディリールの娘、なんですって。

馬鹿馬鹿しい。ああー、馬鹿馬鹿しい。

自作自演だったとして、いったい誰が自分に向けて霧の刃を放ったというのか。そもそも私、水魔法は苦手なのよ！

私の怪我、あの時心配してくれたの、フレイくらいだったなあ。

「鬱ぽよ……」

夏休みの間に作ったハムちゃんたちの大きな遊び場にて、ポポ太郎がペタンと座り込んで、瞬きもせず宙の一点を見つめている。

「ポポたろがあの時犯人を見つけてたら、お嬢が疑われることなんてなかったぽよ。全部ポポたろのせいぽよ……精霊失格……ううう～、鬱ぽよ～。ポポポポポ」

「ポポたろさーん。バグっちゃダメでち～」

ドン助が丸まったポポ太郎の背中をペシペシ叩いて慰めている。

ハムスターにも鬱があるんだなあ……

「気にしないでポポ太郎。私のこと、悪者にしたい人たちがいるだけなのよ。そういう人たちには、きっと私が何をしたって、いろいろ言われちゃうんだから」

「お嬢～……」

ハムちゃんたちはしゅんとした顔をしているけれど、私はニコッと笑って、二匹を指先でこちょこちょした。ちっさな毛玉がコロコロ転がって愛らしい。愛（いと）おしい。

さあ。明日（あした）から学校も始まるし、私も気を引き締めないと。

という訳で軽く腕立て伏せ。あの司教様にも、筋トレが大事と言われたし。

「……何をやっているんだ、マキア」

「あ、ネロ！」

出入り口に、いつの間にかネロが！

変なところを見られてしまったがそんなことはどうでもいい。私は興奮して駆け寄る。

「おかえりおかえり！　会いたかったわ～」

「何だ？　やけに馴（な）れ馴れしいな」

プラチナブロンドの髪に淡々とした無愛想な表情、大きめのスーツの上着を羽織った、ネロ・パッヘルベル。

彼は我がガーネットの９班の一人で、入学試験をトップ通過した優等生。

だけど時々、授業をサボって自分の研究や先端魔法道具づくりなどに没頭しているので、不良とも言えるわね。

「ご実家ではゆっくりできた？」

「……まあな」

「ご両親は何をなさっている方なの？　そういえば私、ネロからご家族の話を聞いたことがないわね」

私は率先してネロにひまわりのお茶とお菓子を用意しながら、尋ねた。

「両親はいない」

だが私と来たら、聞いてはいけないことを聞いてしまったのかもしれない。

「そ、そうだったの……ごめんなさい」

「別に、聞かれて悲しい話じゃない。僕には兄がいるしな」

ネロはいつもの調子でティーカップを受け取り、窓際に立ち、海の向こう側を見つめながら、静かにサンフラワーティーを啜る。

ネロのお兄さんか。いったいどんな人だろう。

「夏休みにちゃんと帰るってことは、お兄さんのもとが、ネロにとって帰るべき場所なのねえ」

私もまた隣に立ち、チラッとネロを見た。ネロは私の言葉に対し、少し考え込むような

表情をしていたが、

「……そうか。そうかもしれないな」

なぜか、今更そんなことに気がついたとでもいうような、ネロの呟き。

この時ばかりは、表情も少しあどけない。珍しいものを見た気がした。

「あ、お菓子もいっぱいあるからね！　プルーンのジャムパイとかダークチェリーのタルトとか、林檎の紅茶煮とか、レモンバタークッキーとか」

「……お菓子作りに凝ってるのか？」

「夏休みの間、暇で暇で仕方がなかったのよ。私は実家に帰れなかったからね。お母様ほど上手には作れないけど、レシピ通りに作っているから、失敗はしてないはずよ」

ただレシピ通りに作っただけで鼻高々に語っていたが、ちょうどその時だ。

アトリエの出入り口付近でゴトンと物音がしたと思ったら、

「ただいま戻りました。マキアはここですか？」

長い黒髪を後ろで三つ編みに結った、背が高くほっそりとした美少女が現れた。

私とルームメイトの関係にある、レピス・トワイライトだった。

「レピス！　レピスレピスレピスレピス！　お帰りなさい！　おかえりおかえりおかえり！」

「あ、はい。ただいま……です」

私の懐かしみ方がしつこくて、レピスもちょっと引いてる。

そんなことお構いなしで、彼女をさあさあとテーブルにつかせて、私はサンフラワーティーを用意する。彼女とも、話したいことが山ほどあった。

「夏休みの間に、どこかへ行った？」

「そうですね。……一族の墓参りなど」

「ああ、そっか。そう言う季節だものねえ」

ルスキア王国に〝日本のお盆〟は無いけれど、何となくポッとそう言ってしまった。

ネロもレピスも「またマキアが変なこと言ってる」くらいにしか思ってなさそう。

「はあ、私も帰りたかったな……デリアフィールド」

頬杖（ほおづえ）をついて、遠い自分の故郷に思いを馳（は）せる。

デリアフィールドは何も無い場所だけれど、両親が恋しいし、塩の森もお祖母（ばあ）様も恋しい。なのでモグモグと、田舎の味がするお菓子を食べまくる。

あの舞踏会以降、すぐにお腹が減るし、食べる量が増えた気がするのよね……

「と言うか、なぜマキアは学校に留（とど）まっていたんだ？」

「え？　えっとそれは……」

ネロの疑問はもっともだ。私、地元に帰れなかった理由を、話していなかったから。

だけど、説明のしようがない。守護者のことはまだ言えないしなあ。

「よお。誰かさんのことを忘れてねえ？」

「あ。フレイだ」

タイミングよく、あの男がやってきた。

扉付近でちょっとカッコつけたポーズでいるのは、我が国の第五王子。以上。

「あなたとは王宮で何度も出くわしたから、再会にこれと言った感慨はないわねえフレイ」

「ハッ。奇遇だな、俺もだよ班長」

そして、ポケットに手を突っ込んだまま、階段を下りてきてネロの隣にドカッと座る。

「ところでお前ら、土産は？」

さらには、帰省組に向かって土産を催促する。

「ねえ見て。我が国の王子が、民に土産を強請（ねだ）っているわよ」

「みっともないですね……」

私とレピスがコソコソ言っていると、ネロだけはハッとして、その顔に影を落としたと思ったら、

「す、すまない。土産なんて考えてもいなかった……」

「あ。いや別に……冗談だって！　真面目に凹（へこ）んでんじゃねーよ。な？」

落ち込んでしまったネロを、慌ててフォローするフレイ。

この二人も、いい感じにコンビ感出てきたわね。

私は改めて、無事にガーネットの9班の四人が揃ったことを、嬉しく感じる。

「よーし。無事に班員も揃ったし、後期も頑張りましょうね。授業が楽しみだわー」

「けっ。やる気があるのは班長くらいなもんだぜ」

「フレイさんはサボりと居眠りの常習犯ですもんね」

レピスに突っ込まれたものの、フレイはフッと得意げに笑ってみせ、

「お前ら、後期の怖さを知らねーからそんなことが言えるんだ。後期に入ったら、教師陣も容赦なんかしねえ。今までの授業や課題が、生温く感じると思うぜ」

「君……去年の後期に何の課題があったか、覚えているのか？」

ネロのさりげない問いかけに、フレイは「え？」となぜか疑問形。

「えー、と。何だっけ。相当ヤバいのが一つあったはず……ヤバすぎて記憶がぶっ飛んだっていうか……」

「はい？　あなた何を言ってるの？」

せっかく一年生をやり直しているのに、どうやらフレイはヤバい課題というのをイマイチ覚えていない様子。それが妙な不安を煽ったが……

まあいいか。ルネ・ルスキアの教師陣が、あらかじめ準備しておけるような緩い課題を出すとも思えない。

という訳で、私たち四人はひまわりのお茶とお菓子をお供に、色んなどうでもいいお喋

りに花を咲かせた。流石にひと月以上会っていないと、話したいことが山ほどある。

さあ。ルネ・ルスキア魔法学校の後期の授業が始まる。

私はトールに守られなくても生き残れるくらい、強い魔女にならなくちゃいけない。

ガーネットの９班の班員たちと、頑張って頑張って、良い成績を残し続ければ、なりたい自分に一歩近づけるかもしれない。

私の特待生を目指すという目標は、変わることなく継続中なのだった。


「夏休みの間どれほど甘やかされ、たるみきった生活を送っていたのか、お前たちのその顔つきと体型を見ていれば十分にわかる」

後期最初の【魔法体育】の授業は、フランチェスカ・ライラ先生の厳しいお言葉から始まった。

ライラ先生は元王宮の魔法兵。黄色のジャージ姿が派手な女教師だ。

先生は拡声器片手に、私たちに最初の課題を告げる。

「というわけで、今から学園内のレモンを収穫し、島の集積場に運べ。魔法の使用は不可。レモンの総重量の多い順に評価点をくれてやる」

「えぇえぇえぇえ」

それってただ、レモンの収穫を生徒にさせているだけでは!?

とか思ったけれど、そんなこと口が裂けても言えないので、私たちは言われた通り籠(かご)を背負(しょ)って島中を駆け回り、レモンを収穫して集積場に運んだ。

翌日の全身筋肉痛は凄(すさ)まじく、誰もが体を引きずって学校をうろつく、怪しい光景を拝むこととなる。

「さーてみなさんお待ちかね。【魔法薬学】の時間だよ〜。後期最初の授業は〝ヒュプの睡眠薬〟について学んでいこう。魔法の睡眠薬とは、凄腕(すごうで)の魔術師の調合したとあれば、睡眠時間や見る夢の内容まで設定できる優れもの。様々な種類があるけれど、まずは王道のヒュプ系から。難しい薬だけど、一番簡単な、睡眠時間設定の短いものから試してみよう」

メディテ先生の【魔法薬学】の授業では、後期から少し難易度の高い魔法薬の調合を実習できるようになった。

魔法の〝睡眠薬〟は様々な種類、流派があるが、中でもヒュプ系の睡眠薬はメジャーで、様々な場面で使用される。

例えば、眠れない人に的確な睡眠時間を与えたり、強制的に眠らせたり、楽しい夢の続きを見たい時に活用したり、遠い昔の記憶を呼び起こしたい時に頼ったり。凄腕の魔術師の作ったヒュプの睡眠薬は、他者の夢の中から情報を引き出すこともできるとか。

「では、ヒュプの睡眠薬は主に何の素材でできているかな。はい、トマス・クレイブ君」

「えーと、ヒュプ系はー、ヒュプノリアという花の蜜と芳香油を使います。ヒュプノリアの香りには人を眠らせる魔力がありー、それを発見したメリリモント・メディテはー」

「はい。そこまでで結構。教科書をチラ見しながらどうもありがとう」

　メディテ先生が片手を上げ、男子生徒の説明を遮った。

　そして、ちょっと得意げな顔をして言うことには、

「そう。このヒュプ系の魔法睡眠薬は、我がメディテ家のご先祖様が発見したと言われている大ヒット商品。だけど薬に副作用は付き物。ではマキア・オディリール嬢、ヒュプ系の魔法睡眠薬の副作用は？」

　ちょっと難しい問題の時、メディテ先生は私を当てる嫌らしい癖がある。

　だけど私に隙などない。

「はい。ヒュプ系は用量用法を守らず摂取し過ぎると、精神が退行する恐れがあります。要するに赤ちゃん言葉になったりします。前にヒュプ系をキメすぎた海賊のおっさんがバブバブ這いまわっていたのを見たことがあります。とっても恥ずかしいです！」

「はい、正解ー」

　私の渾身の解答に、メディテ先生がパチパチと手を叩く。

「諸君。みっともない姿を晒したくなかったら、先生の言う通りに作ること。用法と用量

は守ること。わかったかね？」

　講堂の生徒たちはブルリと体を震わせた。自分がそういう姿を晒してしまった時のことを、考えてしまったのだろう。

「皆様ごきげんよう。前期の【魔法世界史】ではメイデーア神話学について学びました。十柱の神々はついに大戦争〝巨人族の戦い（ギガント・マギリーヴァ）〟を引き起こし、結果的に神話の時代に黄昏（たそがれ）をもたらしたのでございます。これは後期最初の抜き打ちテストにおいて、正解率50パーセントの問題でもあった通り。ゴホン……正解率、50パーセント、であった通りでございます！」

　そこのところをもう一度強調してから、【魔法世界史】担当の魔女メアリー・エルリッヒ先生は、眼光鋭く生徒たちを見渡す。

　この問題、巨人族の戦い（ギガント・マギリーヴァ）っていう専門用語がちょっとずつ間違っていたりして、正解率を落としているのよね。ま、私は当然、正解したけど。

「後期からはいよいよ人間の時代について勉強していきます。人の時代を、神々が残した唯一の希望〝魔法〟というものが、どのように彩ったのか」

　魔法世界史では、神話の時代から人間の時代へと移り変わる。

　人間たちは神々の導きを失ったが、魔法を授かり、人間の中から偉大な魔術師たちも現れて、歴史を刻んでいく。

「一年生のうちに学ぶのは、主に三つの時代。千年前の〝魔法黎明期〟、五百年前の〝魔法大戦期〟、三百年前の〝魔法革命期〟でございます」

そう。魔法世界史的には千年前の【魔法黎明期――金の王と銀の王】の時代からが重要だ。

それ以前は精霊信仰が主で、魔術師のほとんどは王に仕える神官であり、名はほとんど残されていないからだ。

だが千年前とは、偉大な二人の魔術師が王座につき、魔法、魔術というものが世界の覇権を争う明確な要因となった、最初の時代。

〈金の王〉と〈銀の王〉は戦争に魔法を用いて〝聖地〟を巡って争ったが、この時、長い戦いの果てに〈銀の王〉が〈金の王〉に敗北し、〈銀の王〉が熱心に進めていた魔術は禁忌の術として封じられ、書物もほとんどが焼失したと言われている。〈金の王〉が葬ったこの魔法がいったい何だったのかは、魔術界最大のミステリーなのだった。

そして、五百年前の【魔法大戦期――三大魔術師】の時代。

この時代は魔法世界史の華である。同時期に、三人の天才魔術師が現れたからだ。

〈黒の魔王〉は、現代の先端魔術の先駆けとなった〝空間魔法〟を生み出した。

〈白の賢者〉は、〝精霊魔法〟を学問の一つとして分類化した。

〈紅の魔女〉は、錬金術の一種と言われる異端な〝命令魔法〟を扱えた。

そしてこの三人が争うことで、魔法というものが急激に発展し、新たなステージを迎え、様々な分野に枝分かれしていった。

魔法世界史的に、もう一つ重要な時代があるとすれば、それは三百年前。

【魔法革命期──二人の聖者】の時代である。

この時代は、西のフレジールで圧政に苦しむ民を導き革命を起こした〈藤姫〉や、ヴァベル教の総本山としてヴァベル教国を設立した〈聖灰の大司教〉などが現れた。

苦しむ民を救い、時代のうねりを生み出し革命を起こした〝二人の聖者〟は、自分勝手に暴れた〝三大魔術師〟とは大違い。

特に聖女と名高い〈藤姫〉は、逸話に多く残る美貌もあって、歴史上の大魔術師人気ランキングで毎年一位になるほどの人気。

メイデーアのジャンヌ・ダルク、と言ったところかしらね。

ルスキア王国は様々な作物の収穫時期を迎え、秋色に染まり始めている。

この時季になると、王都ミラドリードには小麦やかぼちゃ、ジャガイモやぶどう、林檎や洋梨のモチーフが躍り、これらが食材として出回るだけでなく、季節のお菓子やお料理が食べられるようになる。

そして来月には、収穫を祝う大々的なお祭りがある。

この時季に獲れる農作物や、この時季から仕込まれるぶどう酒は、諸外国にもたくさん輸出されている。農業やぶどう酒醸造は、豊かな自然と精霊と魔法の力を生かした我が国の大産業なのである。

というわけで、私たち一年生は、【魔法薬学】【魔法世界史】【魔法家庭科】の合同授業の一環で、ルネ・ルスキア魔法学校の所有するジャガイモ畑にいた。

土で汚れた農作業着を着て、ヘロヘロになって座り込むガーネットの一年生たち。

「はーいみんな〜、ジャガイモたくさん掘れたかな？　掘り終わってヘトヘトかなー？　新しい課題を発表するからみんなその場で待機してくださーい」

【魔法薬学】のメディテ先生は持っていた拡声器でそう告げて、ぐったりした生徒たちをムカつく笑顔で見渡す。

そしてこの拡声器を、隣にいた【魔法世界史】のエルリッヒ先生に渡した。

エルリッヒ先生は大粒のジャガイモを掲げ、

「ジャガイモは、メイデーアにとってとても重要な作物でございます。【魔法世界史】でもお教えしましたが、豊穣の女神〈パラ・デメテリス〉が、神話上最初にお創りになった作物と言われているからです。ゆえに収穫祭では小麦、かぼちゃ、ぶどう以上に重視される〝聖なる食べ物〟という訳です」

このように説明して、エルリッヒ先生はまたメディテ先生に拡声器を渡す。

「【魔法薬学】の観点から言うと、ジャガイモの芽には毒があり、魔法で効果を高めたり変質させたりすることで様々な魔法毒薬になる。しかし食材として活用する分には、主にデンプンでできていて、消化に優しく、魔力の源となる魔質量がかなり豊富だ。と言うわけで、察しのいい君たちは気が付いているかもしれないが、次の課題は、このジャガに関するものだ」

「へ、ジャガに？」

生徒たちが顔を上げる。

ジャガイモが、魔法学校の授業でどう役立つというのか。

メディテ先生は、拡声器をもう一人控えていた、ふくよかな女性教師に渡す。

あの先生は副教科である【魔法家庭科】のセーラ・ポネット先生だ。何と言うか、母性を感じさせるふわふわした先生。

「収穫祭まで、ジャガイモに感謝を込めて、今日収穫したジャガイモをたくさん食べてもらいたいわね～」

ポネット先生は見た目通りのふわふわした口調で続けた。

「ジャガイモを自分たちの食事に活用し、研究してほしいと言う課題よ～。ここにいる生徒たちの中には、自分で料理したことがない者もいるでしょう～。だけどそれではいけないわ～。料理は魔法の原始的な要素を多分に含んでいるのだから～」

生徒たちは顔を見合わせる。

ルネ・ルスキア魔法学校にはそれなりの家柄の者が多く、料理をまともにしたことのないボンボンとお嬢様はかなりいると思われる。

しかし確かに、魔法と料理は相通ずるものがある。魔法が得意な魔術師は、料理も得意である傾向にあるのだ。

そりゃあまあ、素材を調合したり、煮たり焼いたりは、魔法でもよくある作業だ。

と言うわけで、後期最初の班活動であり、【魔法世界史】【魔法薬学】【魔法家庭科】の三つの教科を兼ねた課題は『ポテト・レポート』と発表された。

来月の収穫祭が提出期限であり、約ひと月に渡る研究レポート。

条件は以下の通りである。

・一日三食、ジャガイモを利用した食事を作ること。外食禁止。食堂利用禁止。

・支給される学校内通貨〝ルネ〟を利用し、学校内の店で食材などを買うこと。学校外で食材を買う分は自腹。日々の支出を明記。

・食事に含まれる魔質量を日々チェックし、食事の写真を撮ってレポートにまとめること。

各班に、袋いっぱいのジャガイモと、魔導式カメラが支給され、私たちはそれを抱えて、ガラス瓶のアトリエに戻る。

ガーネットの9班は四人揃って机について、向かい合いながら早速会議。

「この課題、こなすだけでも結構大変だが、評価点はどこにあるのだろう……」

ネロは眉間にしわを寄せた、複雑な表情をしていた。

優等生のネロだが、この手の課題は、あまり得意な分野ではなさそうだ。

「食堂を利用していると、日々の食事はある程度他者に管理してもらうことになるけど、このひと月は、全部自分たちでやってみろと言うことよね。食事に含まれる魔質の量を知るのは、いい勉強になるかも」

魔質。この世界の食物などに含まれ、体内で魔力の源となる物質のこと。

ジャガイモが聖なる食べ物と言われているのは、この魔質の含有量がとても多い食物として知られているからだ。

魔術師が減った魔力を回復させるには、食事で魔質を摂取し、睡眠などで体を休め、体内で魔力に変えなければならない。

即効で回復できる魔法薬もあるが、その手のものも結局自然界に存在する作物の魔質から作られている。ゆえに、どの作物にどれくらいの魔質量があるのかを頭にインプットしておくのは大事だ。

「そういえば、魔術師が一日に必要な魔質摂取量は、約２００マギスだと、前の魔法家庭科の授業で習ったわね」

「ならそれを、三食の中で計算しながら摂取しなければならないってことか」

私とネロは頷きあう。きっと、これは大きな評価点に繋がるだろう。

あえて条件に書かれていないが、日々２００マギスを超える魔質量を摂取できているかを、きっとレポートでチェックするはず。

「あの、話が逸れて申し訳ないのですが、そもそも学校内の通貨ってなんです？　後で管理棟まで、受け取りに行かなければならないみたいですが」

「ああ、これな。あるんだよ。〝ルネ〟っていう通貨が」

レピスの疑問に、フレイが自分の懐から財布を取り出し、ルスキア王国の通貨とは違うコインと紙幣を取り出す。

「一年の後期から使えるようになる、学校が発行する通貨ルネだ。学園島の店ならどこでも使えるが、特に学生が店を出して商売をする場合、ルネ以外での売買が認められていない。買う方も当然ルネで買い物をしなければならない。卒業時に換金してもらえるから、この時期は上級生たちの出店が増える。一年生のルネを巻き上げるためにな」

なるほど。要するにこの授業は、学生たちが学校内通貨ルネの扱いに慣れるための授業でもあるのか。

魔術師とは研究職であるが、商売上手でなければこの先やっていけないともいうから、上級生たちの商売の手伝いにもなる。

まあ何にせよ、この班会議で、課題の方向性と評価点が見えてきた。

一つ、日々の食事を班員みんなで協力して用意できているか。

二つ、一日の食事で、ジャガイモを取り入れ魔質量を200マギス摂取できているか。

三つ、学校内通貨ルネの扱いに慣れ、ひと月の間、金銭のやりくりができたか。

これらをレポートで判断し、総合的に見て評価点をつけるのだろう。

「大丈夫。これは比較的私たちには有利な課題よ。ルネ・ルスキアはボンボンとお嬢様が多いから、料理なんてしたことない人も多いでしょうし。この中で料理できる人！」

はい、と手をあげる私と、しんと静まり返った班員たち。

「俺ができるわけないだろ」とフレイ。

「僕もあまり……と言うか、かなり得意じゃない」と、ネロ。

「実は私も」と、レピス。

私以外、みんなこんな感じ。

「ん、ちょっと待って。私だって別にめちゃくちゃ得意って訳じゃないわよ。レシピが無いとできないし。え、あなたたち魔術師の卵よね。料理する機会、なかったの？」

こっくり、と頷く三人。なんてこった。

　だが、自分たちで食事を用意しなければならなかった田舎者の私と違い、この三人は都会育ちなのだろう。料理はそこら中に美味しいものが売られている。

　ミラドリードの人々は、基本的に惣菜を店で買って食卓に並べると言うし。

「う、うぐ……なぜかちょっと悔しい。私、貴族令嬢なのに。でも大丈夫！」

　少々動揺しつつも、私は〈紅の魔女〉のレシピ本をどーんと机の上に置いた。

　班員たちがレシピ本を覗き込む。

「古い料理ばかりだけど、ご先祖様のレシピは栄養も豊富で、色んな食材を使った美味しいものばかりよ」

「げ。紅の魔女のレシピとか、呪われそうだな」

「フレイ。あんたがよく盗み食いしてる塩林檎のお菓子、どれも紅の魔女のレシピだから」

「私たちでも作れるでしょうか……」

「心配しないでレピス。みんなで作業を分担してやれば、何てことないわ」

　難しい料理などするつもりはない。

　できるだけ安く済ませないと、手持ちのルネも限られているしね。

「しかし、毎日三食作り続けるとなると、大変だな……」

　ネロの不安に対して、私は、

「それなんだけど、複数のおかずを数日間分作り置きして、朝と昼は簡単に済ませられる様にすればいいと思うの。朝は慌ただしいし、昼は休み時間も短いしね。おわかり？」

「……わかる」

こっくり、と頷く幼子みたいになってる三人。

魔術師の卵としてはそれぞれかなりの有望株なのに、この課題を前にしては、不安が隠し切れてないのが面白いわ……

と言うわけで、ガーネットの9班による『ポテト・レポート』へのあくなき挑戦は、この様に手探り状態で始まったのだった。

その日のうちに、学校内通貨〝ルネ〟が発行された。計4800ルネである。

これをやりくりして、ひと月分の食事を用意しなければならない。

学園島は一つの街のようになっていて、生活できるだけの店が揃っている。パン屋、野菜とフルーツの店、肉屋、魚屋、スパイスショップなど。

だけどこの時期はフレイが言っていた通り、上級生たちが至るところでマニアックなバザーを開いていた。人通りの多い広場や、橋の下、建物の壁際、各アトリエなんかでね。

「寄ってらっしゃい見てらっしゃい。あ、そこの一年生、チーズはいかが！　うちのチーズは伸びが違う！」

「あら不思議。この調味料をふりかけるだけで誰でもプロの味！　え？　何のスパイスを使ってるかって？　それは企業秘密だよ」

「パプリカとズッキーニがお得でーす。オレンジ一個おまけでつけまーす」

「ポテト・レポートでの喧嘩（けんか）の原因ナンバーワンは、ずばり皿洗い！　魔法の皿洗い機が今なら何と１５００ルネ！」

それぞれの研究室で作った加工食品や、研究に研究を重ねた調味料、畑で採れた野菜や果物、調理に使える食器や調理器具、便利な魔法雑貨がここぞと売り出されているのだ。

他にも、ヨーグルト専門店だったり、ピクルス専門店だったり、コーヒー豆専門店だったり、缶詰食品専門店だったり……

東の国の留学生による、エスニックな調味料のお店もあるようで興味があるのだが、どこでバザーをしているのかなかなか見つからない。

目移りするが、班員たちが欲しがった食材や、私が必要と思った食材を一通り買い揃え、アトリエに戻る。

そして、今日に限っては、素材そのものの味や魔質含有量を確認しようということになり、ジャガイモを蒸して、ガーリックバターをのっけてお塩をふって、王道のジャガバターを作った。他にも、ボウルいっぱいに茹（ゆ）でたブロッコリーと、ハーブ入りウインナーと、茹で卵と、焼き塩林檎。

魔導式カメラで写真をパシャリと撮った後、色んな味付けを試しながら食べる。マヨネーズ、塩胡椒、はちみつ、ケチャップ、マスタード……

「これはこれで、いけるわよね」

私はガーリックバターがとろけるほくほくのジャガを、上品にナイフとフォークでいただく。うーん、新ジャガ、甘い。

「ジャガイモの魔質含有量は、一つ約23マギス。野菜の中ではかなり多いほうだ」

「ネロさん、そのコンタクトレンズで計れるんですか?」

レピスが尋ねる。

「ああ、さっき一通り、魔質含有量が表記されている本に目を通したからな。もう全て記録した」

「おお……頼もしい……」

ネロの便利機能がこんなところで役立つとは……

普通ならいちいち調べなければならないところだが、これならネロに料理を見てもらうだけで、料理の総魔質含有量を調べられそうだ。

「じゃあ、ブロッコリーはどうなんだ」

フレイが、茹でブロッコリーに、マヨネーズをつけて口へ放り込みながら。

「ブロッコリーは一株で７マギス。ハーブウィンナーは一本５マギス。卵は一つ10マギス。……おお、塩林檎は一つ30マギスもある。凄いな」

なるほど。確かに、食材によって魔質含有量がかなり違うようだ。

ジャガイモの含有量は知られている通り多く、卵もなかなかだが、塩林檎は際立っている。流石は魔力の溜まり場と言われた〝塩の森〟の産物だ。

「魔術師が一日に必要な魔質摂取量は２００マギス以上……ジャガイモや塩林檎はたくさん食べた方がいいようだわ。他で２００マギス取ろうと思ったら、結構大変だもの」

「でもよう、ジャガイモは三食絶対食わねーといけねーんだろ？　俺はこの細長い体型が売りなんだから、太るのは困るぜ」

「フレイさんの売りなんてどうでもいいですけど……確かにジャガイモはデンプンの塊ですよね」

レピスの言う通り、フレイの体型はどうでもいいが、食べすぎると太る危険性がある。

それはそれで、評価に響きそうだな。

「ジャガイモを毎度メイン料理に使う必要はないんじゃないかしら。それに、ジャガイモを食べすぎたなら、パンとかパスタを控えるしかないわ」

「えええええ、パスタはミラドリード人のソウルフードだぜ!?　俺一日一度はパスタ食べないと死ぬ！」とフレイ。

「僕も毎日パンが食べたい」とネロ。

「私、朝はオートミール派で……」と、レピス。

切実な訴えのおかげで、彼らの食習慣が見えてきた。

そりゃあ、それぞれ食べ慣れたものや、好きなものと嫌いなものがあるわよね。

「なら朝食はパンかオートミール、昼食はパスタって決めておきましょう。簡単だし。ジャムやソースや、ジャガイモや野菜の副菜を作り置きしておけば、パパッと食べられるわ」

例えば、朝はジャガイモ入りスープとトースト、昼は好きなパスタにポテトサラダの小鉢を添えたり、夜はしっかりジャガイモ入りのメインのお料理を作ったり。

「最初に一週間分の献立を立てておくと、買う食材が明確になり、無駄遣いも省けるぞ」

「そうね！　それがいいわ、ネロ」

おそらくこの課題、計画性も試されている。

とりあえず、毎日食べる副菜は三品ほどあったほうがいいと思い、私たちはその後、明日の朝とお昼のために、いくつか作ってみたのだった。

最初に作ったのは、塩レモンマヨネーズで和(あ)えたポテトサラダ。

野菜とハムたっぷりで、これは、メインのお料理にジャガイモや野菜がない時に添えるといいかも。

次に用意したのは、ルスキア王国でも定番の田舎料理ラタトゥイユ。

ナスやズッキーニ、パプリカなどをニンニクとオリーブオイルで炒め、じっくり甘みを引き出してからトマトと一緒に煮込んだお料理。作り置きの一品として、野菜不足の時に添えて食べるといいかしら。

次に用意したのは、副菜というよりデザート用の水切りヨーグルト。

学校内のバザーにて手に入れたヨーグルトを布で水切りしておくと、硬めで濃厚なヨーグルトになる。ヨーグルトは魔質含有量が、一食分９マギスと多めなので、一日の不足分を補いたい時に食べてもいいだろう。夏の間にやたらと作った塩林檎ジャムや、はちみつレモンがあるので、ヨーグルトにかけて消費しよう。そうしよう。


さあ。いよいよ、本格的な『ポテト・レポート』月間が始まった。

一日目　ジャガイモとミートソースのグラタン（チーズたっぷりが良い感じ）
二日目　角切りベーコンとキャベツとジャガイモのポトフ（健康的）
三日目　フリッタータ（卵とジャガイモのオムレツのこと）
四日目　フィッシュ&チップス（罪深くも最高の食べ物）

グラタンやオムレツ、ポトフは〈紅の魔女〉のレシピ本にもあった伝統的なお料理だ。

とりあえず三日間はそれなりに順調に進んだが……

四日目にて、フレイがどこぞの年上の女子の先輩と遊びに行ってしまったので、私とレピスとネロは三人で楽しく細切りポテトと鱈を揚げた。フィッシュ＆チップスというやつだ。ジャンクフードだけれど若人の大好きな味。とっても美味しい。とっても満足。

手伝いを放棄したフレイに残してやるフィッシュ＆チップスなど無く、奴の夜食には蒸したジャガイモを一つだけ置いておいた。翌日からフレイが真面目になった。

五日目　チキンとジャガイモのハーブレモン焼き（普通に美味しい）

六日目　ジャガイモとトウモロコシのガリバタ炒め（お醤油があったらなあ……）

こんな感じで、レポートに日々の食事を記録する。

写真もしっかり撮って、魔質含有量もちゃんと計って。

それぞれの得意分野を活かして、協力しあった。

例えばネロは、おいしさを保つ包装紙や保存容器、先輩たちが高値で売りつけていたような皿洗い機まで作ってくれる有能っぷり。レピスは野菜の皮むきが極端に苦手だが固い缶詰のふたを開けるのが得意だし、塩と砂糖を間違うことはない。フレイは塩と砂糖をよく間違えるが、皮むきは意外と得意で、盛り付けに妙なセンスがあったりする。

ぶつかることも、言い合いになることも、取っ組み合いの喧嘩が勃発することもあったが、何とか一週間を乗り越えた。共同作業にも慣れてきた頃合いだ。

十日目……

たかだか一週間と少しで、私たちは早くもジャガイモに飽きていた。

あの黄土色の塊を見るのも嫌だったし、ホクホク食感などクソ食らえだった。

それに日数が進む中で困り始めるのは、お料理のレパートリーだ。我々は学生で、料理人ではないため、一週間もするとネタ切れが起こる。

これでも〈紅の魔女〉のレシピ本に助けられ、かなり頑張った方だ。しかしご先祖様はあまりジャガイモが好きでなかったのか、ジャガイモのレシピは少なめ。

夕方アトリエに集まり、何をどうジャガするか、やる気のない話し合いをしていたところ、私のハムちゃんズにちょっかいをかけていたフレイがこんなことを言った。

「なあ、そういえば〝ニョッキ〟ってジャガイモじゃね……？　あいたっ、このハム公、嚙みやがった！」

私たちはフレイの思わぬ提案に、ハッとする。

「ニョッキってジャガイモを潰して、小麦粉と混ぜて作る、パスタの一種よね。なら、今晩はニョッキを作ってみる？」

「ニョッキ……か。あれはいまだに謎の食べ物だ」

ネロの「いまだに謎」発言も頷けるほど、ニョッキって確かに不思議なお料理だ。

「今日はバジルとミニトマトが沢山採れましたが、使います？」

レピスがちょうどアトリエの窓際で育てていたバジルの摘芯を行い、ミニトマトを沢山収穫した後だった。籠いっぱいのそれを台所から持ってきて、私たちに見せる。

私は籠のバジルの葉を摘み上げ、その匂いを確かめながら……

「そうだわ！　ジェノベーゼのニョッキにしましょう！」

「おお。ジェノベーゼ……」

「アリだな」

ジェノベーゼとは、バジルをペースト状にして作る美味しいソースのこと。わが国でも多くの愛好家がいる。とりわけ、パスタによく合うからだ。

というわけで、さっそく作業分担をして調理に取り掛かる。

男子組に一階の作業台で茹でたジャガイモを潰してもらい、女子組は地下の台所でバジルソースを作る。

摘みたてバジルはよく洗って水気を取り、塩、刻んだニンニクと、乾煎りした松の実、バジルの葉と粉チーズを風魔法で閉じ込めて、攪拌する。緑色のドロドロしたものにオリーブオイルを混ぜ込み、味をなじませてソースは完成。

瓶詰めにしておけば一週間程度もつので、今週はジェノベーゼのお料理も楽しめそうだ。

「そっちはもう、ジャガイモ潰し終わった？」

「とっくに」

一階に上がって、作業台でジャガイモを潰す仕事を任せていた男子たちの様子を確かめると、彼らはすでに裏ごしまで終えていた。裏ごししたジャガイモに、小麦粉、オリーブオイル、塩を混ぜて捏ねたら、ニョッキの生地が出来上がる。

この生地を棒状にして、端から一口大に切っていく。フォークの背でくぼみを作り楕円形にしていくのだ。

そして班員たち総出で丸めていく。

これをお湯で茹で、すぐに取り出しサッと冷水で粗熱をとる。

一方フライパンでは、バジルソースと半分に切ったミニトマトを熱して、そこに先ほど茹でたニョッキを加える。

最後に上からチーズを削って、バジルソースやトマトと絡めてしまえば、完成だ。

「出来た！　凄い凄い」と、私は大はしゃぎ。

「なかなか見栄えはいいな」と、ネロも感心している。

「ニョッキなんて初めて作りました」と、レピスは達成感がありそうで。

「もう腹減って死にそう……」と、フレイは腹を空かせてぐったりしている。

早速班員たちで机を囲み、作り置きしていた副菜とハーブ水も並べて食事にする。

やはり誰もがニョッキから口にして、驚きのもちもち食感に、表情がパッと変わる。

「バジルソースやチーズが、平たいニョッキによく絡んで、とても美味しいですね」

「新鮮なバジルの香りが、ふわっと鼻を抜けていくな」

「トマトの酸味と甘みが、間延びしそうなニョッキの味をみずみずしくまとめてくれているわ。バジルソースとの相性はお墨付きだし」

レピスや、ネロや、私の食レポの後、フレイがこのお料理への感動をまとめる。

「何より、ジャガイモ！　って感じじゃないのがいいよな。ニョッキは」

そう。これが何よりありがたい。

ジャガイモ料理に飽き始めていた私たちにとって、この食感と味が、ジャガではない別物のように感じられて、救われるのである。

「美味しくできてよかったわねえ」と、私。

「課題中に、もう一度作ってもいいかもしれませんね」と、レピス。

「俺の提案のおかげだろ？　感謝するように」と、フレイは恩着せがましく。

「……やはり、謎の食べ物だ。食感とか」と、ネロはいまだに不思議がっている。

なかなか手強い『ポテト・レポート』の課題だが、困難にぶつかりながらも知恵を絞り、こうやって皆で協力して美味しいものにありつけた瞬間が、私は結構好きだったりする。

実を言うと、この課題が始まってからというもの、意識して魔質を摂取しているので、日々の魔法も調子が良い。

毎日の食事が、魔術師にとっていかに重要なのかを実感しつつ、料理の中で仲間たちと絆を育みながら、共通した時間を過ごす。

これもまた、青春の一幕である。

「あああああっ」

満足しながら完食して、食後のおやつに塩林檎チップスなどを齧っていた時、私はとんでもないことを思い出してしまった。

「どうしました、マキア」

「ヤバイわレピス！　写真撮り忘れちゃった！」

「あ」「あ……」

班員、誰もが夢中で食べていたせいで、レポート用の写真を撮るのを忘れてしまった。

これもまた、青春の一幕……かもしれない。

第五話　ピエロ事件

もうすっかり涼しく、過ごしやすい日が続いている。

私は、早起きしてランニングをしてから、いつものアトリエで軽く筋トレ。

その後、一人で食べた朝ごはんは、昨日こしらえたばかりのエビ入りポテトサラダを、チーズと一緒に食パンで挟んだものだ。ほくほくの新ジャガとプリプリのエビはよく合うし、味付けに使った手作り塩レモンマヨネーズは、コクがあって甘酸っぱくて、最高。

それと、ポテトサラダサンドには、濃いホットコーヒーが合う。最近、ミルクとはちみつたっぷりじゃなくてもチビチビと飲めるようになったのよ。

あ。学校から支給された魔導式カメラで写真を撮ることも忘れずに……。

「よし！　ごちそうさま！」

早々に腹ごしらえを済ませ、私は気合いを入れる。

今日は休日で、班員たちもそれぞれ用事があったりして、食事の時間はバラバラだ。

私もまた、今日はずっと会えていない救世主アイリの元を訪ねてみようと思っていた。

テーブルの上には、デリアフィールドの名産品である塩林檎。

以前アイリに、塩の森と、そこに実る塩林檎の話をしたことがある。その時とても興味深そうにしていたので、何か作って持って行ってみようと考えたのだ。

塩林檎は生で食べることもできるけれど、少ししょっぱいのでお菓子やお料理に使った方が美味しいのである。塩林檎を楽しむ王道のお菓子と言えば……

「やっぱり、塩林檎ケーキかな」

ルスキア王国でも、田舎のお菓子として古い時代より親しまれている林檎ケーキ。我が家では塩林檎を使用して作る、定番中の定番のお菓子だった。

かの紅の魔女もよく作っていたのか、そのレシピは塩林檎レシピの項目の、一番最初に記載されている。そういえば、この羊皮紙のレシピ本に日記が隠されていると知ってから、塩林檎ケーキを試したことはない。

と言う訳で早速、私はアトリエの台所で塩林檎ケーキ作りを開始する。

塩林檎は皮を剝き、芯を取り除いて薄切りにし、レモン果汁に漬けておく。

小麦粉はふるっておく。別のボウルで卵と砂糖をシャカシャカ泡立てる。ここに容赦無くたっぷり溶かしバターを加えるのだが、

「こう言う時も、私の体質が役立つのよね」

そう。私は【火】の申し子。別の皿に置いていたバターに手をかざし、溶けろ溶けろ～と念じているだけで溶かしバターに。さっきの卵液にこの溶かしバターと、牛乳、バニ

ラエッセンスを加え、混ぜる。ここにふるった小麦粉を加えて、さらに混ぜ合わせる。

ふわっとした生地にするために加えるベーキングパウダーや重曹は、ここルスキア王国にもあるのだけれど、私が試しているのは五百年前のレシピ。

紅(くれない)の魔女は、それらを加えることなく、ただ〝魔法〟をかけていた。

「メル・ビス・マキア――膨め。綿のように、雲のように」

その魔法をかけた後に、シナモンをふりかける。めっちゃふりかける。

シナモンは魔法の効果をより高めるスパイスとして、古い時代より魔女に重宝されてきた。林檎との相性もお馴染(なじ)みだ。この小麦粉の生地に、レモン果汁ごと林檎の薄切りを加えて混ぜ合わせたら、あとは長方形の型に入れて焼くだけ。

アトリエには魔法の焼き窯(がま)があるので、それでしばらくじっくり焼く。

その間に、私は別の作業をしている。

実は、メディテ先生に大量のひまわりの種をもらった。先生は学校のひまわり畑を管理していたから、職権乱用してこっそりと。

私はこれでひまわり油を搾り取っているのだった。天才ネロ君が一晩で魔動搾油機を開発してくれたから。

ひまわり油はお料理に使える。ちょうど『ポテト・レポート』で毎日お料理するし、買わずに済むと節約にもなる。何よりひまわりの種子には魔質含有量が多い。

搾油機のガラス瓶の中に、ポタポタ落ちる薄く艶やかなひまわり油……

「あ。塩林檎ケーキ！」

気がつけば、アトリエ内は甘く香ばしい匂いが立ち込めている。

焼き窯でも、ちょうど塩林檎ケーキが焼きあがった。

ケーキを取り出し、ふわっと上ってきたバニラの匂いに「んー」と唸る。

これこれ。お母様が塩林檎ケーキを焼いてくれた時も、お屋敷中にこの匂いが漂ってきて私がそわそわしだすもんだから、トールが自発的にお茶の準備を始めたっけ。

と言うわけで、焼きたて塩林檎ケーキの切れっ端は、私のデザートになる。

塩林檎ケーキはまだほんのり温かく、断面からはよく焼けた塩林檎がトロッと溶け出ていて、パッと見は我が家で作っているものと遜色ない。

「いただきまー……あ、そうだそうだ。これはレシピ本を開いて食べなきゃ」

紅の魔女のレシピ本の法則。

作った料理やお菓子は、そのレシピが書かれているページを開いて食べると、そこに紅の魔女の日記が現れることがある。

いざ、レシピ本を開いて塩林檎ケーキをパクッ。ちょっと甘くしすぎたかもしれないけれど、これはこれでまったりほっこりした味で美味しい。濃いお茶が欲しいところ。

「あ、日記だわ！」

そしてこの塩林檎ケーキのレシピには、紅の魔女の日記が隠されていたようで、羊皮紙の上で文字が躍り、ぶつかり、収束して、彼女の過去の日記が現れる。

こんにちは、日記さん。
私は今日という日を忘れることはないでしょう。こんな屈辱は初めてです。
自慢の塩林檎ケーキを、あの男は毒入りと言って谷底に落としてしまったのだから。
こんなに悲しいのは久々です。胸が痛いのです。
だけど誰も、あの男も、私が悲しんでいるなんて、泣くなんて、思わないのでしょう。
私は悪い魔女。悪い魔女は、悲しまない。
そうであったなら、どんなに良かったか。

追記　魔王の居城を狙う人間どもがコソコソしてたので、塩の石にしてやりました。
　ちょうど涙を垂れ流していたしね。
　呪文(じゅもん)はこう。
　マキ・リエ・ルシ・ア――塩の冠、砕く夜。誰も涙を、見てはならぬ

「………」

塩林檎ジュースのレシピで見つけて以来の、呪文も発見した。

だけどそんなことより、綴られた日記を読んだだけで、なぜか悲しい気持ちで胸がいっぱいになる……

いつの間にか私は涙を零していた。胸元を強く、ぎゅっと握りしめている。

熱い、痛い、涙。それが羊皮紙のレシピ本に零れ落ちて、慌ててそれを拭う。

「い、いったいどうしたのかしら、私」

ゴシゴシと、涙の滲む目元を手で擦る。

日記に残るご先祖様の悲しみが、私に伝わったというのだろうか。

だけど、どこかで、私はこの〝光景〟を見たことがある気がするのだ。

わからない。いつだっけ。擦る目の奥で、知らないはずの銀世界が見える。

これは一体……なに？


「本日アイリ様はお忙しく、お会いすることができません」

塩林檎ケーキを入れたバスケットを抱えたままの私は、王宮内のアイリのいるノースパレスの最上階にて、メイド長クラリッサさんにそう告げられた。

アイリの姿は、今日も見られそうにない。

「あの、アイリ……アイリ様は、お元気ですか？」

「ええ。体調に問題はありません。騎士たちが交代でアイリ様を守っていますから」

「……そう……ですか」

なぜ、アイリは私と会ってくれなくなったのだろう。

その問いかけをする前に、クラリッサさんは「ではこれで」とこの場を去ろうとする。

「あ、あの！　これ、アイリ様に作ってきたのですが」

私が慌ててバスケットを差し出すと、クラリッサさんは視線をそちらに向けて、少し厳しい口調で告げた。

「アイリ様のお口にするものは、我々の監視下にある厨房(ちゅうぼう)で作られたもののみとされています。何度も毒で危険な目に遭っていますから」

「そう……ですか。申し訳ありません」

よくよく考えたら、私が食べ物を持ち込むなんて、不躾(ぶしつけ)だったな。

多分、私は信頼されていないのだろう。この人にも、霧の刃の犯人は私だって思われているのかな。

「失礼します」

頭を下げて立ち去る。胸元には今もあの守護者の紋章があるが、私は今も、蚊帳(かや)の外。救世主と、私以外の守護者が何をしているのかもわからない。

私が学生だからというのもあるのかもしれない。だけど、周囲の視線の冷たさは相変わらずで、私は今も嫌われ者のようだった。

塩林檎ケーキの箱を入れたバスケットを持って、トボトボと王宮を出て、王都の大通りでは日陰を探して歩いていた。

焼いた塩林檎ケーキ、どうしよう。いつものごとく班員たちと一緒に食べてしまおうか。フレイあたりに「また塩林檎かよ！」と言われそうだ。それと……

「私……尾けられている？」

さっきから、私の後ろを尾けている人がいる。妙な視線を感じるのだ。大通りなので同じ方向に向かう人がいてもおかしくないが、背後から実に分かりやすい敵意を感じるし、その者の魔力が背中をゾワゾワとさせる。

多分、私に気がつかせるために、わざとわかりやすいものを発しているのだ。

私は一度立ち止まり、ゴクリと唾を飲み込んでから思い切り振り返った。すると、

「……え」

いた。袖のないフード付きの上着に、タイトなズボン姿の、ワルっぽい男が一人。被ったフードの内側から、灰色の短髪と、緑と青のオッドアイをちらつかせ、こっちを

睨みつけている。

男は隠れる様子もなくニヤリと笑う。口元からは、獲物を狙う獣のようなギザギザした歯がむき出しだ。しかも手元では、キラリと光るナイフをくるくる回している。

こういう、殺気だだ漏れのあからさまなワルは、弱いと相場が決まっているが……

男があまりに堂々とこちらに歩み寄ってくるので、私は真横の細い路地に逃げ込んだ。

なぜか、レンガの路地には風船がポツポツ落ちていて、それを蹴飛ばしながら、とにかく走る。

さっきの男、雇われの殺し屋みたいな見た目をしていた。

私を尾けている理由は何だろう。もしかして、王宮でアイリを狙った犯人？

感じ取れた魔力は意外と洗練されており、かなりの使い手だと直感した。

この場合、向かって行くより逃げるが勝ちだ。走って走って、背後に警戒心を保ちつつ、ちょうど曲がり角を曲がった、その時。

私はハッと息を飲み、大きく目を見開く。

「…………っ」

風船。

そこに、風船を持った、青いピエロが立っていた。

ゾッと体に寒気が走る。更には驚きと恐怖が隙となり、高度な〝身縛りの魔法〟をかけられ、身動きが取れなくなった。

やられた……っ。さっきの男は私をここまで追いたてるためのもので、真の敵はここで待ち伏せていたに違いない。

背後にも敵。前にも敵。身縛りの魔法をかけられ、体はすっかり動かない。

「な、何が……目的⁉」

「…………」

何とか言葉を発し、問いかけてみたが、青いピエロは何も答えない。

顔は、目元の笑った白塗りの仮面で隠されている。王冠のように何股にも分かれたジェスターハットが、異様な出で立ちをより強調している。

青いピエロは静かに風船を全部手放し、手袋をつけた手を私に伸ばす。

私はぐっと歯を食いしばり、迫る相手を睨みつけながら、冷静に身縛りの魔法の解除を試み、右手に魔力を集中させていた。

敵が私の首に両手を伸ばしている。首を絞めて殺すつもりか。

だけど、そろそろ……っ、そろそろ解ける！

青いピエロの手が、私の首に触れるか触れないかの時、パン、と、どこかで風船の破れる音がした。

それと同時に、身縛りの魔法が解けた。私は右手を素早く動かし、ピエロの素肌が見える手首を、掴む。

いつも悪党をこらしめる方法だ。私の【火】の申し子の熱体質で、敵に火傷を負わせるつもりだったが、

「……？」

あれ。熱が、効いていない……？

ピエロのもう片方の手が私に向かってきたが、それを寸でのところで躱して、私はピエロから手を離し後退する。そして髪を一本抜いて、

「メル・ビス・マキア――炎の矢よ、貫け！」

ピエロに向かって指を突きつけ、細い一本の〝炎の矢〟を放つ。

自分の髪を媒介に使った炎の矢は、細く研ぎ澄まされていて、青いピエロの肩を貫き、そこから炎が燃え広がっている。

ピエロは悲鳴すら上げないが、どうやら通常の魔法は通じているようだ。

これは夏の舞踏会で使った〈紅の魔女〉の魔法を、自分なりに扱えるよう研究した魔法。あの時と同じ魔法を使うことは出来ないが、髪の毛を媒介に炎系の魔法を使うと、いつもよりずっと威力が出るのだった。

「火だるまならぬ火ピエロになりたくなかったら、すぐそこの水路に飛び込むことね！」

捨て台詞のち、颯爽と逃げ走る。逃げるが勝ち。逃げのマキア。

　さっきのことだが、身縛りの魔法を破るため、私はずっと右手に魔力を集中させていた。

　子供の頃、この身縛りの魔法を解く〝裏技〟をトールから教わったことがあるのだ。

　トールが編み出したのは、魔力を体の一箇所に集中させ、もうこれ以上魔力を溜めることができない魔力過多状態にして、内側から膜を破るように、魔法を破るという方法。

　本来、身縛りの術に対抗する専用の呪文があったりするが、敵もこれを警戒しているので無詠唱でも破る〝裏技〟の方が役に立ったりする。今回もそのパターンだったわ。

「ん？」

　だが、安堵したのも束の間。

　背中に悪寒が走り振り返ると、ピエロが火だるま状態で走って私を追いかけている。

　さらには水の魔法を無詠唱で展開し、自らにまとわり付いた火を一瞬で消すと同時に、こちらに巨大な水の玉を放ったのだ。

「ギャアーッ」

　思わず悲鳴を上げてしまった。水の玉は私をすっぽり覆って閉じ込める。

　途端に、身体中が〝悪意に満ちた水〟というものに対する恐怖に包まれる。

　この感じ……っ、前に王宮でアイリを狙った〝霧の刃〟に襲われた時と同じ怖気だ。

　苦しい。水は嫌い。水は怖い。万事休す。

「サガ・ラーム・トール――凍てつけ」

その時だった。真横からとてつもない冷気が押し寄せ、私を閉じ込めていた水の玉が一瞬にして凍り、そしてすぐに粉々に砕け散る。

「ゲホゲホッ」

体が凍えてガチガチに震えているが、怖い感じはしなかった。

だって、この魔法。この魔力は……彼のもの。

黒いマントが、翻って私を包む。

「お嬢！」

私を自らのマントで包んだのは黒髪の騎士。王宮騎士団のトールだ。

ピエロはトールが現れたことで距離を作り、見覚えのある無数の〝霧の刃〟を、私たちに向かって放つ。

トールが剣を振るって跳ね返したが、一つだけ防ぎきれず彼の頬を掠めた。

その隙に、飛散した〝霧の刃〟が文字通り霧を生み、青いピエロはその中に溶けて消えてしまった。

「ト……ル」

「お嬢、ご無事ですか⁉」

トールは私の声にハッとして、自分の傷を気にすることもなく心配そうに眉を寄せて、私の顔を覗き込む。私もまた、そんなトールを見上げた。

「トール。どうして……」

あなたは、アイリを、守っているはず。

だけどトールは、私をぎゅーっと抱き寄せてくれる。力強く、温かい。

「お嬢の魔力が強く弾けるような気配を感じたのです。ちょうど上空を飛んで見回りをしていて、すぐにあなたを見つけられました。……良かった。お嬢は水が苦手ですから」

そっか。私、身縛りの術を、あの〝裏技〟で無理やり破ったから……

「よく……私の魔力がわかったわね」

「お嬢の魔力はとても分かりやすいです。派手でダイナミックで。色で喩えるなら、鮮やかな赤。遠くにいても、お嬢が魔法をぶっ放てば、俺はいつでも駆けつけますよ」

「あはは、なにそれ」

思わず笑ってしまった。

「わかりやすいって言っても、多分それ、トールにしかわからないヤツよ」

話す余裕も出てきたので、私はトールにもたれかかっていた体を起こし、自分で体勢を整える。そして、大きく深呼吸。

「ありがとう、トール。あなたが来てくれたおかげで助かったわ」

トールも少しばかり安心した様子で、胸に手を当て頭を一度下げる。なので、下がった頭をよしよしと撫でた。トールは無反応だったけれど。

「それにしても、さっきの青いピエロは何者だったのかしら。とても嫌な感じがしたわ」

「……アイリ様を狙った者と同一犯かもしれません。犯人は【水】の申し子である可能性が高いと、調べを進めている王宮魔術師のユージーン様がおっしゃってました」

トールは神妙な面持ちで、淡々と語る。

「【水】の申し子？」

「ええ。【水】の申し子は体の一部、もしくは全体を水に変えることができるとか。姿を水や霧に変え、周囲の目を眩ませ、簡単に逃げてしまうのです。それと、とにかく水魔法が巧みなのです」

「……なるほど。実は私、さっき水の玉に包まれた時に、特徴的な悪意を感じたの。王宮でアイリを襲った霧の刃と同じ感じ。私の直感のようなもので、アテにならないけれど」

「お嬢ほど〝水〟というものに敏感であれば、その直感はアテになると思いますよ。やはり、同一人物なのでしょう」

確かに、私の熱体質が効かなかったのも、【水】の申し子だからだとしたら、妙に納得できてしまう。

「実のところ、お嬢は【火】の申し子で【水】魔法に弱いですから、この件からは遠ざけるよう、アイリ様に命じられておりました」

「え……？　そう、だったの？」

驚いたと同時に、悔しい気持ちがこみ上げてくる。

本来、私が守らなければならないアイリに、守られていたなんて。

もしかしたら、アイリは自分から遠ざけるために私と会わなくなったのかもしれない。

私が彼女を庇って、怪我をしてしまったから。

何だかとても遣る瀬無いのは、やっぱり私が、とても弱くて、役立たずだから。

ぐっと拳を握りしめる。

「お嬢、寒いですか？　服も髪も濡れているし、一瞬だけ氷漬けにしてしまいました」

「あ、それは大丈夫！　ちょっと力んだらすぐ乾くから」

と、言っているうちに、発熱体質の私の体から水蒸気がモワモワと。

うん、ちゃんと【火】の申し子してる。トールは「流石ですお嬢」と、真顔で手をパチパチして褒めてくれた。

「お嬢〜」「お嬢〜」

そんな時、ドワーフハムスターの精霊、ポポ太郎とドン助が、テチテチ駆け寄って来た。

「あれ、あなたたちどうしてここに？」

「バスケット、落としてってたでち」

「拾って来たぽよ〜」

ポポ太郎の方がえいっえいっと頬袋を叩き、ドン助の方がそれを応援するように背中を叩いてあげていると、小さな頬袋にはどう考えても入らないはずのバスケットがゲロッと出てくる。なんという四次元頬袋……

「相変わらず、そのバスケットを愛用しているんですね、お嬢」

「勿論。これほど便利なものは無いわ。前にルームメイトのレピスって子に教えてもらったんだけど、このバスケット、あの〈黒の魔王〉の作った代物らしいわ」

トールがわずかに目を見開き、すぐに「ほお、それは驚きです」と。

「てっきり〈紅の魔女〉の魔法の遺産かと思っていました。オディリール家に残されていたものだと、旦那様もおっしゃっていたので」

「私もよ。だけど、ここにドラゴンの鉤爪のマークがあるでしょう？　これ〈黒の魔王〉が贈り物に刻むものなんですって。って、そんなことよりあなた、頬の傷の手当てをしなくちゃ。ただの傷ならいいのだけれど」

「ああ、これですか。ただの傷ですよ。毒入りならすぐわかる」

「……それでも手当て、しなくちゃ。顔に傷のある殿方も悪くは無いけれど、治せるなら治した方がいいわ。ちょうど、我が家のリビトの傷薬を持っているの」

私はトールの手を引いて、路地裏から大通りに出た。

こうやって、子どもの頃のようにトールを引っ張って歩くのは、本当に久々だ。

そういえば……最初に出くわした、ワル顔の男は、どこへ行ったのかしら。

「お嬢、どうかしましたか？」

「ううん！　こっちよ」

ピエロと一緒に逃げたのか、ワル顔の男のわかりやすい殺気はもうない。

敵は、何が目的で私を狙ったのだろう。

夕方のミラドリードに、ディーモ大聖堂の鐘の音が、今日も響き渡っている。

私たちはちょうど、水路をゆく二人乗りのゴンドラに乗っていた。

観光用の魔導式ゴンドラで、船頭はおらず、行き先を設定したら勝手に動いてくれる。

バスケットを開いてリビトの傷薬の小瓶を取り出した時、ある包みに気が付く。

細いリボンでラッピングした焼き菓子。私が焼いた塩林檎(りんご)のアレだ。

トールはこれを見た瞬間に、わかりやすく顔色を変えた。

「これ、もしかして塩林檎ケーキですか⁉　デリアフィールドではお馴染(なじ)みの！」

少年のように目を輝かせ、驚きと喜びが声音から感じられる。ちょっとびっくり。

「もしかしなくとも塩林檎ケーキよ。私たちが子どもの頃によく食べていたお菓子。今朝焼いたばかりなの。食べる？」

「いいんですか⁉」

「ええ、勿論。他に……食べてくれる人も居なそうだから」

本当は、アイリに食べてもらおうと思って焼いたのだ、という話はしなかった。

トールは塩林檎ケーキのラッピングを剝がし、一切れのケーキをまじまじと見た後、口に運ぶ。デリアフィールドでの日々を懐かしむように、目を細め、味わっている。

「ああ……。この素朴な小麦粉の味わいと、滲み出るバターと、塩林檎の絶妙な甘じょっぱさ。これこそ、確かにデリアフィールドの味です。故郷の味です」

「トール、一応デリアフィールドを故郷って思ってくれているのね」

「当然です。あの場所こそ、俺の帰るべき場所……」

トールは僅かに顔をあげて、遠く彼方の空を見つめた。

ちょうどデリアフィールドのある方向だ。彼は王都に来てから何度となく、故郷の空を探したのかもしれない。

「よし、じゃあそのまま。動かないでね」

「あ、はい」

私はトールの頰の傷口の血を清潔なハンカチで軽く拭うと、ドロッとした赤いリビトの傷薬を指で取り、傷口にちょいちょいと塗って、効果を高める呪文を唱える。

ずっと昔、トールが我が家に来た時も、この傷薬で身体中の傷を治したなあ。

「トール。以前王宮であなたの体を見た時、背中に傷痕がたくさんあったわ。あなた、昔から自分の傷には疎かったけれど、手当てを怠ってはいけないわよ」

「ならこれからは、お嬢が傷薬を塗って治してください。同じ守護者なんですから」

「馬鹿ね。……子どもの頃のように、あなたに気軽に触れるわけにはいかないわよ」

「でもお嬢に言われないと、俺、傷なんて放置ですよ。昔からそうだったでしょう？　それにお嬢の魔法じゃないと、傷の治りはきっと遅いですよ、俺は」

「どんな理屈よ」

からかっているのか、マジなのか。トールが妙な訴え方をしてくる。

だけどもしかしたら、本当にトールは、私が口うるさく言わないと傷薬を塗ろうとしないのかもしれない。

幼い頃の奴隷生活で、傷にも痛みにも慣れてしまったトールだから……

「わかった。わかったわ。じゃあこれからは、傷ができたら私のところに来なさい。元お嬢様価格で治してあげる。いいこと、手土産くらいもってきなさいよ」

「おお、言ってみるもんですね」

生意気な顔して笑うトール。かつてのやり取りのようで、私も何だか嬉しい。

彼は塩林檎ケーキの最後の一欠片を口に放り込み、

「お嬢の塩林檎ケーキは、奥様の作られるものより少し甘いですかね？」

「わざとよ。私は甘いものが好きなの。それとも不味いって言うの？」

「いいえ、とても美味しいですよ。俺も甘いものは好きですから。王宮で出る料理やケーキなんかは繊細すぎて俺にはよくわからない味です。ピスタチオムースとかほんと訳わかんないです」

思わず「あっはは」と、大きな声を上げて笑ってしまった。

「私たち、田舎臭いものばかり食べて育ったからね」

「俺はそっちの方がいいですけど。デリアフィールドの料理は、体が喜びます」

確かにトールは、華美で高級なものをあまり好まない。

我が家は男爵家だったけれど、魔法の素材にお金がかかって、普段の生活はそこそこ質素にしていたからなあ。

「……お嬢。真面目な話を、少しします」

トールを取り巻く雰囲気が、スッと緊張したものに変わる。

ゴンドラが水を静かに掻き分けちょうど橋の下を通っていた時、彼はその話をし始めた。

「さっきの青いピエロが何者で、なにが狙いなのか、それはまだ定かではありませんが、おそらく救世主と守護者は狙われている。だが、救世主と違い、守護者は代わりが現れると言うこともあり、誰も、守ってはくれません」

私は、チラリとトールを見上げる。

眉根を寄せて、不安そうにして、膝の上で組んだ指に、ぎゅっと力を込めている。

「あなたが守護者になってから、もうずっと心配で仕方がない。俺があなたを、常にお側で守れたなら、どれほど良かったか。今回はとても運が良かった。俺が、自由だったから」

……自由。その言葉に様々な意味を感じ取ってしまい、私はたまらなくなって、目元にじわじわと涙が込み上げてくる。

「ごめんなさい……っ。私、あなたに守られなくても大丈夫なくらい、強くなるって言ったのに。結局、あなたに助けられて、不安にさせてしまって」

泣き虫マキア。泣いている場合ではないのに、力のない自分が情けない。

あなたを縛る〝鎖〟を、溶かしてあげると、幼い頃に、約束したくせに。

「いいえ……俺はただ、お嬢を第一に守れないことに、歯痒さを感じているだけなのです」

トールは手袋を外して、私の涙を拭う。

そして、近い場所で小声になって、私に告げた。

「いいですか。俺が側に居られない間は、無茶をしないでください。この世には、恐ろしいものが、とても多い。危険なことはせず、魔法学校に頼もしい者たちがいるのなら、彼らと共に行動するように」

橋の下をくぐり終えると、ちょうど、魔法学校に近い船着場が見えてきた。

船着場に着くと、トールが先に降り、私に手を伸ばす。

私は、絶対的に信頼しているその手を取って、船から降りた。そして、

「ではお嬢、また」

「ええ。ご機嫌よう、トール」

トールと別れ、王都と学園島を繋ぐ長い橋を、歩いて渡る。

途中、強い海風に髪を巻き上げられながら、振り返った。

そこに、トールはもういない。

きっとアイリの元へと帰っていった。

世界が定めた彼とあの子の絆を、まるでトールの自由を縛る〝鎖〟のようだと思ってしまったのは、ただの嫉妬。そう。嫉妬だ……

かつての私は、トールと一緒ならば、この世に怖いものなどなかった。

無敵な顔して、自分の信じていることを、何だってやり通せる気がしていた。

だけど今は、怖いものがとても多い。

トールが恋しくて、アイリに嫉妬してしまう自分も、怖いのだ。

裏　アイリ、どこかで見たことがあるかもしれない。

時々、夢を見る。

あちらの世界の、小田さんと斎藤君の夢。

「お寂しいのですか、アイリ様。元の世界を思っているのですか？」

夜中に泣きながら目覚めたら、側に、トールが立っていた。

今夜はトールがあたしの護衛だった。

あたしのすすり泣く声を聞き逃すことなく、部屋に来てくれたんだ……

「ううん。元の世界に未練なんてない。家にはお母さんが連れ込んだ男の人がいたし、学校もあたしを虐める女ばかり。あんな世界嫌い。あたしはこの世界が好き、みんなが好き」

「……ならなぜ、泣いておられるのですか」

「わからないの。時々、本当に時々、無性に怖くなる。私のいなくなったあっちの世界で、誰か、一人でも、あたしのことを思って泣いたかな」

あの時、あたしが生き残ったことを喜んだ人はいなかった。

だから居なくなってやったじゃない。

誰か一人でも、後悔したかな。

泣いたかな。あたしが、死んだかもって。

小田さんと斎藤君の時は、みんな、悲しんでたじゃない。

小田さんの両親なんて、娘が行方不明になってやっと後悔したんだよ。

ごめん、ごめんって。早く帰ってきて、って……

いなくなってからじゃ、もう、遅いのにね。

「あたし、唯一大好きな親友がいたの。大切な女の子と、男の子。ううん、男の子の方は、あたしじゃなくて、親友の女の子の幼馴染み(おさななじみ)」

「…………」

「だけどあたし……あたし、一人で弾(はじ)き出されるのが嫌で、二人の間に割って入ったの。だって、あの二人がくっついたら、あたしなんて、もう……」

誰にとっても、要らない存在になっちゃうから。

「もう、おやすみください。大丈夫、俺が側にいますから」

「……うん。ありがとう、トール。トールは優しいね」

もう、全部、忘れたい。

あの世界のことも。あの二人の、ことも。

○

あたしの名前はアイリ。

日本では、田中愛理(たなかあいり)って名前だったけど、こちらではただのアイリ。

メイデーアに召喚された伝説の少女〝アイリスの救世主〟とも呼ばれている。

要するに、あたしは特別な女の子。

この物語の〝主人公〟である。

「──ふう。書いた書いた。クラリッサ、ココアを作って」

「かしこまりました、アイリ様」

机の上にノートを開いて、あたしは羽根ペンを片手に自分の小説の続きを綴(つづ)っていた。

メイデーアは、あたしの描く小説の舞台を現実化したような異世界だ。

細かい部分は違うけれど、何となく似ている。だからこそ、あたしには予想ができるはずだ。

この先のこと。登場するキャラクターのこと。

現に今までも、想像してたような事件が起こったり、理想的なキャラクターが出てきたり、彼らが自分の思っていた通り行動したりした。

勿論、全てが思い通りという訳ではないけれど、どれもこれも、想定内。

王道から逸れることは決してない。

「だけど、最後の守護者がマキアだったのには、驚き。……普通、あり得ないでしょ？」

あたしが思うに、マキアは偽物の守護者だ。

トールを取り戻すために、守護者に成りすましている。

ユリシスの目は欺くことができても、あたしの目は誤魔化せないよ。

「マキアは、この世界で一番悪い魔女の末裔？　いいや、もしかしたら〈紅の魔女〉本人なのかも。ずっと生きていて、若作りして、魔法学校の生徒に紛れ込んでいるの。そしてお気に入りの奴隷のトールを取り戻そうと、躍起になっている」

敵はわかっている。だから、友人になったふりをして、相手を油断させたのだ。

決定的な証拠を見つけて、確実に退治しないといけないからね。

だって、トールには嫌われたくはないもん。トールはまだ、魔女の魔法にかかっているみたいだから……

だけど絶対に目を覚まさせてあげる。トールとあたしの、救世主と守護者の絆が一番強いんだってことを、見せてあげなくちゃ！

「あたしは、悪い魔女になんか、負けない」

大好きな、お姫様や女の子の活躍する童話につきものの、悪い魔女。

昔、お母さんが言ってた。この世界には色んな〝魔女〟がいるから、悪意や嫉妬に負けず、騙されず、強かになれって。愛理は、可愛いからって……

「アイリ様、マキア・オディリール嬢が訪ねてきました」

噂をすれば何とやら。

メイド長のクラリッサが、ココアとその知らせを持ってあたしの部屋に戻ってきた。

「ですが、言われていた通り面会はお断りしました。ついでに林檎のケーキを持ってきていたようですが、そちらも断っておきました」

「ありがとうクラリッサ。林檎のケーキかあ。魔女は毒入り林檎を白雪姫に食べさせようとするからね。うふふ、ベタだなあ～」

あ、ならその林檎ケーキをもらって、毒入りかどうかを調べるべきだったかも。

そしたらマキアの正体を、守護者みんなの前で暴くことができたのに。

「でも、マキアもなかなかボロを出さないよね」

「アイリ様は、やはりあの暗殺未遂事件、マキア・オディリール嬢が犯人だとお考えで？」

「そりゃあね。あたしの物語で、魔女が悪者じゃないことなんて無いんだよ。あれはマキアの自作自演。あたしたちに信用させようとしてやったことだよ」

「なら、それを守護者の皆様にお話しした方が良いのでは？」

「そんなのダメだよ！　ネタバレじゃん。それに、あたしが一方的にマキアを悪者にしちゃったら、トールがきっと怒ってしまうし、あまり印象が良くないでしょう？　あたし、この世界じゃ、誰にも嫌われたくないんだ」

「……かしこまりました」

クラリッサは空気が読める。だから彼女に色々と話していると、勝手にこちらに有利な噂話なんかを流してくれる。マキアの自作自演説も、きっとクラリッサが流しておいてくれたもの。彼女はそういう、陰で役立つキャラクター。

女の子の相談役は、マキアじゃなくてクラリッサで十分なんだよね。

「しかし、アイリ様。ベアトリーチェ・アスタ嬢も、夏の間に何度か王宮に出入りしており、あの事件の日も王宮にいました。騎士団は彼女とその執事をマークしているとか」

「ベアトリーチェ？　誰だっけ？」

「ギルバート殿下の元婚約者です」

「あーっ！　あの、ですわ口調のお嬢様！」

あたしは勢いをつけてベッドから起き上がると、ポンと手を叩く。

「あの子、あたしのこと恨んでそうだったもんね！　でもあの金髪令嬢は、何となく脇役って感じ」

「マキア嬢は、そうじゃないのですか？」

「マキアはね、初めて会った時から、何だか凄く、他の人と違ったんだよ」

「……違う？」

「そう。違うの。勘みたいなものだけど……存在への、違和感」

これを、どう言っていいのか分からない。

だけど、あの鮮やかな海色の瞳に、妙な〝引っかかり〟を覚えたのだ。

ベッド脇のテーブルに置かれていたチョコレートを口に放り込んだ時、あっと閃く。

「そっか。ベアトリーチェはマキアの手下なんだ！　きっとそうだよ。悪者は、最初は手下から差しむけるもんだよ」

謎が解けたところでベッドを下りて、バルコニーに出てルスキア王国の城下町を眺める。

バルコニーにいた白い鳩たちが、夕暮れ前の薄い色の空に、勢いよく飛び去った。

「そう……あの子はきっと、とても悪い魔女」

前の世界であたしに嫉妬して、のけ者にして、いじめて、悪口を言った女の子と同じ。

もうあんな子たちに負けない。醜い女の嫉妬に負けない。

この世界で、あたしに怖いものなんてないのだから。

「だから、割り込んでこないで。マキアの居場所は、ここにはない……」

大切なあたしと守護者との絆を、壊させたりしない。

「どこかで、マキアの悪事を暴かなきゃ。そうだ！　もうすぐ異国の賓客を招いた夜会があるって、ギルが言ってたよね。そこにマキアを招待しようかな。ついでにあのベアトリーチェって子も呼んで、クラリッサ。あたし、ちょっと考えがあるんだ」

「……かしこまりました、アイリ様」

あたしが計画を伝えると、クラリッサは部屋を出て行った。

「さーて。また王宮を抜け出して、王都で情報探しでもしようかな」

何もせず、ただ安全な場所で守られているだけなんて、嫌だしね。だけど、ひとりぼっちは楽しくないし、主人公の女の子には、必ず側で守ってくれるヒーローが必要で……

「アイリ様、どこへ行かれるおつもりですか？　今から前回の魔法の続きをお教えするお約束でしたが」

「げ、ユージーン」

部屋を出たら、ユージーンが眼鏡を光らせ、待ち構えていた。私の魔法の先生だ。

「少しだけ待っていて、ユージーン。帰ってきたらするから！」

「お待ちなさい。誰かお供をつけないと」

「トールに来てもらうから大丈夫！　さあイヴ、あたしを隠して！」

光竜イヴから七色の粉が舞い、あたしを包む。この能力で、姿を隠してもらうのだ。妖精が森の中で、ふっと姿をくらますように。

「アイリ様！」

ユージーンの怒った声が聞こえる。これは後で、盛大に怒られてしまうな。

だけど今は魔法の訓練をする気分じゃない。姿を消したまま王宮を抜け出し、首から下げていた短剣を、金の鞘ごと宙に掲げる。

柄にはめ込まれた大きなダイヤモンドがキラキラ光って、あたしの会いたい守護者の元へと導いてくれる。

これが、救世主と守護者の絶対的な絆なの。

「あ、トールだ！」

王都の水路を行く、ゴンドラに乗ったトールを発見した。

ゴンドラに乗っているなんて珍しいなと思っていたら、向かい側に誰かいる。

「あれ……マキア？」

あたしは駆け寄る足を止めた。

トールは、何かを食べている。あたしには見せたこと無いような笑みを零して。

あれは多分……マキアがあたしに持ってきたはずの、林檎ケーキ。

おかしいな。あれは毒入り林檎のはずなのに。

ていうか、どうしてトールは、今もまだマキアと一緒にいようとするの？

おかしいな……

これじゃあまるで、あたしが、救世主って存在が、あの二人を引き離しているみたい。
マキアは悪い魔女なのに、普通の女の子みたいに振る舞って、トールを惑わせる。
トールもトールだよ。守護者は、救世主が一番大切なんじゃないの？
普通、そうじゃない？
だけど、なんだろう。二人が見つめ合うあの感じ、どこかで見たことがある気がする。
マキアに初めて会った時と、同じ違和感がある。
何だろう、これ。嫌な焦燥感。
だから、無性に、ぶち壊したい。

第六話　学園島ラビリンス（上）

この日、エレメンツ魔法学の特別授業を担当したのは、救世主アイリの専属教師である、王宮魔術師のユージーン・バチストだった。

バチスト先生はルネ・ルスキア魔法学校の客員講師でもある。

エレメンツ魔法学は様々な教師が掛け持ちで受け持っているため、バチスト先生のように外部から講師を呼ぶこともあるのだ。

特に、バチスト先生が受け持つのは〝エレメンツの申し子〟たちのための、特別講義だ。

「申し子とは、その属性の精霊たちに特別愛された存在。精霊の無条件の加護があって、特異な体質を備えている。まあ、こんなことは君たちの方が承知だろうがね……」

バチスト先生は講義堂の教壇に立ち、眼鏡を押し上げつつ、

「【水】の申し子は体の一部を水に変えることができ、【火】の申し子は発熱や発火の体質を持ち、【地】の申し子は重力を無視して移動することができ、【風】の申し子は浮遊魔法無くして空を飛ぶことができる」

私はウンウンと頷(うなず)きながら聞き、隣のフレイは面白くなさそうにあくびをしている。

「これらの特徴は、呪文や魔力を一切使うことなく活用できる能力だということだ。君たちにとっては、生まれた時から呼吸するように扱えた個性であり体質。最も信頼できる能力であろう。必要なのは魔力ではなく体力で、いざという時に役に立つ。また、属性の魔法が得意であることも当然である。申し子とは、それぞれのエレメントの専門家になることも多い。しかし……」

バチスト先生は続けて、背後に浮く黒板に〝能力の副作用〟という単語を書いた。

「申し子には、その能力の反動として、一般人より極端に苦手なこともある。【水】の申し子はのぼせやすく、【火】の申し子は泳げない。【地】の申し子は乗り物酔いが激しく、【風】の申し子は極度の花粉症。これらが代表的か」

ウンウン、そうそう。

私はカナヅチだし、フレイは乗り物酔いが激しく転移魔法も苦手そうだった。

ちょっとした弱点に見えるかもしれないが、意外とこれがしんどいのよね〜。この前なんか、申し子の弱点が仇となって死にかけたし。

「はい、バチスト先生！」

ある、真面目そうな男子生徒が挙手をして先生に質問した。

「異世界より現れた救世主様は、とても希少な【全】の申し子であると聞きました！【全】の申し子がアンチエレメンツ体質というのは有名ですが、弱点は何なのでしょうか！」

男子生徒の質問に、他の生徒も興味津々。

それほどに【全】の申し子は珍しく、救世主の専属教師であるバチスト先生ならご存じだろうと思っているのだった。

バチスト先生は表情を変えることもなく、落ち着いた声音で「うむ」と頷く。

「【全】の申し子とは、全ての精霊に愛された者。故に、選ばれし特別な存在と言われることもあるが、私としては……そうでも無いと思っている」

あれ。バチスト先生は意外と【全】の申し子に対し、辛口だ。

「全ての精霊が愛しているがゆえに、どの精霊も手を出せない。それこそがアンチエレメンツの本質。……今まで身体的弱点は無いとされていたが、【全】の申し子とは感受性が強いため、精神的に脆いところがあるかもしれないな。思い込みが激しく、落ち込みやすい傾向にある」

バチスト先生は腰の後ろで手を組み、黒板の前を歩きつつ、

「そもそも〝申し子〟は、なぜ、生まれてくるのか」

私たちに語りかける。

「時代によっては精霊の仲介者と呼ばれ祭り上げられてきたが、一方で精霊の呪い子だと差別され、虐げられてきた歴史もある。申し子を迫害するような風習を持つ地域が、今もなおあったりするのだからな」

「…………」

「しかし申し子に対する理解は徐々に深まり、大多数はそれを個性と捉え、接してくれているはずだ。それはきっと、多くの者たちに必要とされている力であるからだ。誇りを持って、その力を磨いてほしい。ルスキア王国の未来のために……」

先生の言葉は説得力があり、私たち申し子に、希望と自信を与えてくれる。

愛想はないが、いい先生だ。救世主であるアイリの専属教師に抜擢されるだけある。

私が無理やり講義に参加させたフレイが、隣でまた居眠りをしていたので、耳をビッと引っ張ってやった。

「いってーな。何すんだよ班長。暴力反対」

そしてまた机に突っ伏して寝るフレイ。

今日の講義はレポートを提出しないといけないのに。私がちゃんと見届けてやらねば。

ほんと、手のかかる不良王子だこと。

「マキア・オディリール嬢。少しいいかね」

「あ、はい。バチスト先生」

講義の終わりに、生徒たちが講義堂を出て行く中、私はバチスト先生に呼び止められた。

「トール・ビグレイツの報告を聞いたのだが、王都で暴漢に襲われたたと。大丈夫かね」

まさか、バチスト先生が私のことを心配してくれるとは思わなかった。

「ええ。トールが助けてくれたので、ご覧の通り無事元気です」

「……いや、確かに無事なのは理解できている。目の前にいる君が幽霊ではないのならばな。私が聞きたいのは精神面のことだが」

「あーなるほど。そっちも元気です！」

堂々として報告。先生は眼鏡を押し上げつつ、小さく笑う。

「やはり【火】の申し子は、タフな者が多いな。羨ましい」

笑うと意外とあどけない。ユリシス先生やメディテ先生と同年代という割には、結構渋めの先生ではあるが、このギャップが魅力的でもあるなあ。

「アイリも君を心配していた。守護者であることが公に知らされていないとはいえ、私としては、君には常に警護をつけていた方がいいと思うのだが……」

「い、いえ！　大丈夫です。これからは誰かと一緒に行動しようと思いますし。学校を出るのも、控えようと思っています。ルネ・ルスキアは安全ですから」

「……そうか」

それに救世主の守護者が常に警護されているなんて、それこそ守護者でいる資格がない。

王宮も、きっとそう考えていて、私に警護をつけないのだろう。

もし、私が死んでも、より相応しい〝代わり〟が現れるかもしれないのだから。

むしろそれを望んでいる人も多いのだろうな……

「困ったことがあれば、いつでも私に相談したまえ。君は【火】の申し子だ。私は今まで様々な申し子を見てきたので、何か力になれるかもしれない」

「……はい！　ありがとうございますバチスト先生」

救世主に仕える王宮の人間は、みんな私に厳しい視線を送ってくるが、バチスト先生は真面目な人格者で、私のことも気にかけてくれる。

誰もが、バチスト先生こそ守護者であったならと言う理由も、頷けるというものだ。

エレメンツの申し子の講義があった、その翌日。

「生徒諸君。お待ちかねの【魔法体育】の時間だ！」

魔法体育のライラ先生は、私たちガーネットの一年生を学校の西岸にある洞窟の前に集め、拡声器片手に新たな課題を告げた。

「予告などしたら学校から逃げ出す者が毎年いるので、今年は何も言ってなかったが、今から行う課題は『ラビリンス・ゲーム』である」

「ラビリンス・ゲーム⁉」

これを聞いた生徒たち、私のように首を傾げている者と、何となくざわついた者と、震え上がった者がいる。

我がガーネットの９班にも、震えている情けない男が一人いて、
「お……思い出した。一番ヤバいやつ……っ」
などと、上ずった声をあげて青ざめている。フレイである。王子である。
フレイの隣にいたレピスが、彼の怯える姿に多少引きつつも、
「もしかして、これが例の、記憶すらぶっ飛ぶほどヤバい授業ってやつ、ですか？」
「そうだよレピス嬢。ていうか、なんだその目は！　お前たち、俺が大げさに言ってると
でも思ってんだろう」
「…………」
だって、記憶が無くなる程って言ったら、ほぼほぼ死にかけてるじゃないですか。
魔法体育の授業は毎度キッい訓練を余儀無くされるが、今回はいつもの授業とはどうに
も勝手が違うということだろうか。
ライラ先生は拡声器片手に、説明を続けた。
「この授業は班行動が原則で、学園島の地中にある〝第一ラビリンス〟で行う。ルネ・ル
スキアがもともと要塞だったことは知っているな？　地下は最後の砦と呼ばれ、五階層に
も渡って迷宮が広がっている。今回はその第一ラビリンスにて、無数の魔導人形を狩って
もらう」
「お、おーとまとん？」

聞きなれない単語に目が点。

ただ、この手のものに強いネロは知っているようで、

「魔導人形とは、古代の遺物をもとに、魔導回路を組み込んで作られた機械の人形のことだ。もともと西のフレジール皇国が軍事用に開発したもので、あの国ではすでに生活にも根付いている。ルスキア王国ではまだまだ珍しいものだろうがな」

なるほど。要するにロボット的な何かと見た。

ライラ先生が、落ち着かない生徒たちを満足げに見渡し、

「どれほどぶっ壊してもいいおもちゃの人形をくれてやると言うことだ。お前たちが先にぶっ壊される可能性もあるがな」

「…………」

無慈悲なお言葉に、生徒たち、唖然。

これはフレイの不安をバカにできない程、ヤバい予感がする。

「いいか！　魔法兵や騎士になれば敵地に送り込まれたり、暴れる魔物を倒したり、戦争であらゆる兵器を壊したりする必要がある。当然、敵を殺すことを求められることも。たとえ魔法兵や騎士にならなくとも、実戦の経験がなければ、いざという時に何も守れない。教師によっては学生に戦闘訓練は不必要という平和ボケした連中もいるが、私はそうは思わないからな。せめて自分の身を守れる力くらい養っておかねばならない！」

ライラ先生は確か、同盟国フレジール皇国に派遣され、前線に立ったエリート魔法兵だったと聞く。世界の実情を見てきた人だ。

そういう人の言葉は説得力があり、だからこそ、課題の内容がますます気になる……。

「課題はバカみたいにシンプルだ！　ここから入り、第一ラビリンスの中でオートマトンに遭遇しては倒し、倒し、ぶっ倒し！　目玉を四つ集めて迷宮脱出を試みるだけ」

「………」

「注意すべきは、色の違う目玉を四つ、という点だ。同じ色のものはカウントされないからな！」

ライラ先生はそこのところをよくよく注意した。目玉の色の違いに、課題の評価に関わる何かがありそうだ。

それにライラ先生の背後には、複数の先生が控えている。第二王子のユリシス先生、叔父様であるメディテ先生など。

大規模な授業なので、監視役に多くの先生が必要なのだろう。それがまた、生徒たちの緊張感を駆り立てる。

「話を続ける。魔法はお前たちが知っているものなら何を使っても構わない。持ち込める道具はこちらで用意したものと、学校に登録されている各々の魔法発動補助道具のみだ」

魔法発動補助道具とは、指輪や杖などのこと。ネロの場合はコンタクトレンズ。

「精霊の補助は不可。あくまでお前たち自身の体力、魔法知識、判断力を計る課題であるのと、チームワークの向上が目的だ。制限時間は五時間。こっちの魔法水晶(ラクリマ)でも監視はしているが、問題が起きたらすぐに信号を送るように。以上、準備に取りかかれ！」

各班長たちが集められ、必要物資を与えられた。

配布された袋を開くと、中にはパパッと食べられるシリアルバーや、魔力回復に役立つエナジードリンク、折りたたまれた薄っぺらいガイドペーパーが。

このガイドペーパーには、学園島ラビリンスの歴史や、先ほど先生が話したようなルールが記されており、第一ラビリンス内で迷ってしまわないよう、地図も描かれている。

さあ、いよいよスタートだ。

難攻不落の最後の砦・学園島ラビリンス。

授業以外で入ることは許されず、迷い込んだら二度と出られないなどという、学校の七不思議の一つに数えられているが……

「さあ、次はガーネットの9班の番だ。さっさと行け」

ライラ先生は私たち9班の班員たちをギロリと睨(にら)み、至近距離だと言うのに拡声器を向けて告げた。

「お前たちは前期の薬草採取でやらかしている。学校側の落ち度もあったがそんなことは関係ない。私は知らん。お前たちの評価はマイナスからのスタート。わかっているな？」

「は、はーい。気をつけまーす」

「よし。じゃあ行ってこい！」

ライラ先生に釘を刺されながら、私たちは海岸の洞窟へと入る。

「僕ら、目を付けられているんだろうな」

「仕方がないわネロ。確かに私たち、前の薬草採取で騒動を起こしているもの」

私は首を竦めたが、フレイは「はあぁ？」と納得いかない表情だ。

「あんなのどう考えても学校の管理に問題があっただろ⁉　今回は転移装置でピョーンなんてごめんだからな。あれは最悪。酔って死にそうになる」

「あ、見てくださいマキア、壁が開きました」

レピスがフレイの言うことを華麗に無視して指差す方で、岩扉が地響きを鳴らしながら開いていく。

岩扉は複数ありそうで、班をバラつかせるためか、ランダムに開く仕組みのようだ。

いざ扉の内側へと進むと、そこは……

「うわあ……」

そこはまるで、砂糖菓子でできているかのような、白い空間。吹き抜けの縦穴空間を、交差する回廊や階段が繋いでいる。

どこへ進めば、どこへ行けるのか？

一目確認しただけでは全くわからない。上下の感覚すら、狂ってしまいそう。

確かにこれは、ラビリンス。魔法の迷宮だ。

それに、この迷宮に使われている素材……

「もしかして……塩の森の石材が使われているんじゃないかしら？」

よく知る匂いと、どことなくヒヤリと肌寒いこの感じ。あの森にいるような感覚に陥る。

ガイドペーパーを開いて確かめてみると、やはり第一ラビリンスは、デリアフィールドの塩の森の石と同じものを使用して造られている、と書いてある。

学校ができたのは五百年前。

ずっと昔に、あんな遠くから石材を運んだのかしら？

「ぎゃあああっ」

と、その時だ。早速どこからか悲鳴が上がる。

周囲を見渡すと、先に入った他班の生徒たちが、いくつかの空中回廊を挟んだ向こう側で、人間の倍はありそうな機械仕掛けの人形に追いかけられているのを見つける。

「あれが……オートマトン」

長い手足と、細長くくびれのある胴体。小さな頭部に〝青色〟の目玉が一つ付いており、それがギョロギョロと絶え間なく動いている。更には口から泡のようなものを吐き出し、攻撃を仕掛けている。

「なんだありゃあ、ほぼほぼバケモンじゃねーか。去年はあんな恐ろしい見た目はしてなかったぞ！」

フレイがやかましい。ついでにネロを掴んで揺さぶっている。

ネロは冷静な表情で、こめかみに指を当てて目を凝らしていた。魔法のコンタクトレンズを使って、オートマトンを確かめている素振りだ。トントンとこめかみを叩くと、見ているものの情報が切り替わるらしい……

「どうやら去年のものよりバージョンアップされているようだ」

「そのコンタクトレンズで、他に何か分かるかしら」

「あのオートマトンに内蔵されている魔導回路の流れは単純なものだ。何か命令が施されていて、それに従って動いているにすぎない」

なんて、逃げ惑う他の班員たちをダシに、オートマトンを遠くから観察して情報を集める私たち。

「あっ、落ちた」

他班の一人が、つまずいて回廊からコロンと落ちてしまった。

吹き抜けの空間を落下していくのかと思いきや、すぐに円盤型の救命ボートがやってきて生徒を拾い上げてくれる。

「なんつーか、一応、落下死の心配はなさそうだな。なあレピス嬢」

「わかりませんよ。あの手の代物は、設定されている術式にミスがある場合もあります し」

「…………」

私たちは、誰もがゴクリと唾(つば)を飲み、緊張感を保つ。

一年生の課題として戦闘が必要なものは初めてで、心して挑む必要がありそうだ。

「とにかく、オートマトンを見つけて戦ってみるしかないわね。魔法に制限は無いのだったら、やりようはあるわー……」

なんて、私が強気なことを言っていると、カラコロカラコロと、どこからか妙な音が聞こえてきて、

「ん……？」

班員揃って真横を向くと、そこにはポツンと、小さなオートマトンが一体。

先ほど他班を追いかけていたものとは形状が違う。

胴体も頭部も丸く、コロコロ転がっている。手足はないが、目は大小大きさの違うものが二つある。雪だるまみたいだし、ああいう音がなる赤ちゃん用の玩具(おもちゃ)があったなとも思うし、このオートマトン自体が、どこか子どもっぽい表情だ。

「目の色は〝白色〟だ」

「目の色を気にしてるなんて余裕だな。まあ確かにこいつは弱そうだが……いや、油断は

禁物だ！」

　淡々としたネロと、テンションに安定感がないフレイ。

「ちょ……っ、キタキタキタキタ！」

「逃げろ‼」

　カラコロカラコロカラコロ。

　遊んで遊んでとでもいうように、凄いスピードで転がってくる白色オートマトン。

　驚いたことに、回れば回るほど周囲に旋風を放っている。体は小さいが攻撃の範囲が広いようだ。

「おい、あそこから下へ飛び降りられるぞ！」

　ネロの指示に従い、ちょっと高めの段差を飛び降り、階段下のスペースに隠れた。

　するとボール型オートマトンは私たちを追いかけるのをやめて、キョロキョロしながらも、通路をゆっくりと転がって去っていった。

　カラコロカラコロ、の音が遠ざかっていく。私たちは、ふう、と額の汗を拭う。

「なるほど。僕らが視界から消えたら、追いかけるのをやめるのか」

「ありがてえ設定だが、あれを倒して目玉を集めなきゃいけねーんだろ？　はえーし怖ーし、魔法を使う暇さえなかったじゃねーか。ゼッテー無理」

　フレイは早くも諦めムードだが、

「何、言うほど難しいことじゃないさ」

ネロは珍しくフッと笑い、頼もしいことを言う。

私が「どういうこと？」と問うと、ネロは、ちょうど向かい側で戦闘を開始していた他班を指差した。

「ここから他班を襲うオートマトンの攻撃と、その目玉をよくよく観察してみろ。むやみに戦うより、まずは情報を集めて対策を練る方が効率的だ」

ちょうど向かいで戦闘を開始していたのは、あのベアトリーチェの班。

対戦しているのは〝赤色〟の目玉のオートマトン。図体がデカく太っちょで、口から火を噴いて班員たちを襲っている。

ネロのコンタクトレンズが淡く光る。

「さっき僕らを襲ったオートマトンの目玉は〝白色〟だった。白色は風で攻撃してきただろう。そしてあの1班を襲っているのは〝赤色〟の目玉で、火で攻撃している」

「もしかして……目玉の色は、要素を示しているのかしら？」

ネロはこちらを見て「おそらくな」と頷いた。

「ライラ先生は色の違う四つの目玉を集めろと言った。エレメンツ魔法学において、その数字は【火】【水】【地】【風】の四大元素を意味する。各エレメントのオートマトンを一体ずつ倒し、目玉を集めなければ、課題をこなしたことにならないんだろう」

向かいで戦闘を行っていたベアトリーチェの班は、赤い目玉のオートマトンを【水】の魔法で倒した。

なるほど。【火】は【水】をもって制す。初歩中の初歩がしっかり通用する課題だ。

この授業、おそらく【魔法体育】だけではなく、【エレメンツ魔法学】の評価にも関わるのだろう。エレメンツ魔法学をしっかり勉強していれば、オートマトンを倒す手がかりは見つかる、と言うことだ。

「さっきの白色目玉のオートマトンは【風】属性。あれを倒すには……」

「魔法学において【風】魔法はこれといった弱点がない。【氷】魔法に僅かに弱いとも、【地】魔法で制するともいうが、時と場合によっては、決定的でなかったりする。【火】魔法に優位とされるが、かえって【火】を強力にすることもあるし……」

ネロは私を、チラッと見る。

なるほど。私の火魔法が煽られたら危険だと言いたいのね……

「それに、エレメンツの優劣に頼る必要もないだろう」

「どういうこと？」

「さっきのボール型オートマトンは、床を転がっている時だけ風を巻き起こしていた。要するに、転がるのを封じれば風は巻き起こせない」

「お〜。なるほど〜」

私たちはネロの気づきに感心してパチパチと手を叩く。流石は我が班のメカニック担当。

だがせっかく弱点に気がついたのに、その後【風】のオートマトンを見つけることができず、仕方がないので後回しにして、別のオートマトンを狩ることにしたのだった。


最初に狙った獲物は、弱点のわかりやすい【火】のオートマトン。

図体がデカいので見つけやすかったからだ。

水魔法で壁際に追い込み、私がオートマトンの足に〝火の矢〟を撃ち込んだのだ。

すると大きな図体を安定させることができなくなり、【火】のオートマトンはすぐさま転倒。その衝撃で、ポロッと目玉を落としてくれた。

「おお～」

「宝石みたい」

ゲットしたのはキラキラと光る赤い目玉。

しかしレピスだけは倒れたオートマトンに近寄り……

「⁉」

腕の付け根を魔法で攻撃し、むしった！

私もネロもフレイもびっくり。

「な、なな、何やってんのレピス⁉」

「このオートマトンは魔合金で出来ています。せっかくなので武器にしてしまいましょう」

「え、武器？」

どういうことだかわからずにいたら、レピスはむしったオートマトンの腕に手を掲げて、呪文(じゅもん)を唱える。

「レピス・トワ・トワイライト――錬金せよ、タイプ・槍(スピア)」

するとオートマトンの腕は、細長い槍に形状を変えた。

「すげえ、錬金術じゃねーか！　三年で習うヤツだぜ」

「そういえば、トワイライトの一族は、空間魔法と錬金術を生業(なりわい)にしているんだったな」

フレイもネロも感心していた。私も凄い凄いと拍手。この形であれば、武器としてとても役立ちそうだ。

次に出くわしたのは、迷宮入りして最初に見たマネキン型の【水】のオートマトン。

口から放つシャボン玉のような泡で攻撃してくる。

泡に触れると爆発するが、威力はそれほどでもなく、通常の魔法壁で防ぐことができた。

このオートマトンは、背丈があるのと見た目が不気味なので誤魔化されていたが、動きは鈍く、背後に隙がある。というわけで、槍を持っていたレピスが背後を取り、槍で頭を貫いて動きを止めた。青い目玉がポロリ。ゲット。

その後しばらく迷宮をさまよって、柱に囲まれた広場のような場所に出た。

中央にはポッンと置かれた正方形の箱がある。

どうやらこれが【地】属性のオートマトンらしい。箱は土でできていて、その表面は緑の苔や草花に覆われている。

白い世界で、この箱にだけ植物が生えているのが、少し不気味だ。オートマトンのくせに、動かないし目玉も見当たらない……

いっそ燃やしてみる？　なんて思ってたら、箱の真上がパカンと開いて、中から顔を持つ巨大な花が現れた。

「⁉」

それが大口開けて一番手前にいたネロをパクッと食べると、そのまま箱の中に引きずり込んでしまう。ネロ、叫びもしなかったけど……

箱は閉じ、さらに植物を蔓延らせてしまう。

「ち、ちょっとどうすんのよ。ネロがでっかい花に食べられちゃったわよ⁉」

「ていうかふざけんな！　【地】属性に【草】属性付属してんじゃねーよ！」

「【地】に準ずるものですからね、【草】は」

「冷静に語ってんじゃねーよレピス嬢！」

しかしマズい。これではネロが人質に取られたようなもので、【草】が苦手とする【火】の魔法を封じられたも同然だ。ネロが火炙(ひあぶ)りになっちゃう！

「……はっ」

そんな時、私はあることを思い出した。

この広場に転がっている、白い石。

最初にもらったガイドペーパーに、この第一ラビリンスは塩の森の石で出来ていると書かれていた。ということは……

私は屈(かが)み、転がっていた白い石を手にとると、そのまま呪文を唱える。

「メル・ビス・マキア――塩の森の石よ、枯渇を与えよ」

そして、手のひらに乗せていた白い石に向かって、息を吹きかけた。

白い石は細かな粉に変わり、キラキラ、キラキラと、宙を舞って箱型オートマトンを取り巻く。すると、箱型オートマトンを囲っていた植物がみるみる枯れていく。

「なんだ、今の魔法」

フレイが目を丸くしている。

「塩の森の石には塩分と魔力が含まれていて、粉末状にすることで魔法の〝除草剤〟に活用されているの。植物が苦手とするものは、何も火だけじゃないわ」

「要するに、マキアは今、この広場にある石で除草剤を作ったんですか？」

「そういうことよ、レピス」

故郷の〝塩の森〟の魔法素材と、魔法薬学という得意分野が役立った。箱型オートマトンを囲む木の根や草花はすっかり枯れ落ち、中の箱だけを剝き出しにしている。

急いでネロを助けださなくちゃ、と駆け寄ったが、

「ああ。……息苦しかった」

私たちが開けるまでもなく、勝手に箱の蓋が開き、中から這い出てきたネロ。

手にはいつの間にか〝茶色〟の目玉を握りしめている。

ネロを食べた花を、ネロが箱の中でボコボコにして目玉を奪ったらしい。流石です。

これにて【火】【水】【地】のオートマトンの目玉が揃った。残すところ、あと一つ。

「よし！　じゃあ次は……腹ごしらえよ！」

「腹ごしらえかよ」

フレイのツッコミに応えるように、私のお腹がグーと鳴る。

いやもう、これ以上はお腹が空いて、動けませんから。


ルネ・ルスキア魔法体育研究室が改良に改良を重ねたという、魔力回復と体力回復に役立つシリアルバー。オートミールに、砕いたナッツやドライフルーツが混ぜ込まれている。

あ、所々マシュマロやチョコレートも。

「ジャガイモを食べなくていいの、久々だ……」

フレイとネロのぼやきの通り、今回に限っては、ポテト・レポートもお休みだ。

このシリアルバーも味気ないものではあるが、食べ慣れると結構美味しい。なんだかんだと言って、みんなもお腹が空いてたみたいで、シリアルバーを無言で貪っている。何だかちょっと、ハムスターみたい……

この手の食べ物は唾液を奪われそうになるが、エナジードリンクでぐっと流し込む。消耗した体力と魔力をしっかり回復。

「ふう。あとは……」

「最初に見かけて以来、ずっと見つからない【風】のオートマトンを倒すだけだな」

落ち着いた頃に、私とネロがその話題を切り出した。

最初に出くわした場所に戻ってみようか、と迷宮の地図を覗き込んでいると、

「班長さー。【火】の申し子だから【風】戦ではおとなしくしててくれよな。火が煽られて俺たちに燃え広がったりしたら、最悪だから」

フレイがシリアルバーの袋をもう一つ開けながら、ニヤニヤして嫌味なことを言う。

だから私も、「その時は、雨乞いの魔法で火を消せば？」と、適当に答えた。

「班長、水苦手じゃん」

「雨くらいなら平気よ。泳げないってだけなんだから」

「その〝泳げない〟ってのはどういう状況なんだ？　人間、落ち着いていればそれなりに浮くだろう」

　ネロの疑問に対し、私は「それが浮かないのよ！」とシリアルバーを握りしめて訴える。

「体が強張（こわば）っちゃって、足を水底から引っ張られている感覚に陥るの。もがいても沈むだけだし、大人しくしてても沈む感じ」

「申し子って、色々大変ですよね……実際」

　レピスの言葉に、ウンウンと強く頷く。便利なことばかりでない、実際。

「昔はねー、溺（おぼ）れてもトールが絶対助けてくれたから、怖くなかったんだけどー……」

　そこまで言って、ハッとした。皆がこちらを興味深そうに見ている。

　班員たちには、今まであまりトールの話はしてこなかったから。

「トールって……前に、舞踏会にいた救世主の守護者の一人だよな？」とネロ。

「確かマキアの元従者でしたよね」とレピス。

「あの黒髪のイケメン君か～。班長まさか、自分の家来に惚（ほ）れてたのか～？」とフレイ。

　私は顔を真っ赤にして「ちが……っ」と否定しようとして、ゆっくりと俯（うつむ）く。

　違う、と否定することが、私には出来そうにない。

「そうよ。私はトールが好きだったのよ。トールの婿入りの話も出てたのに、ずっと側にいてくれるって言ってたのに、守護者になんか選ばれたから……ううう」

素直に暴露して、シリアルバーを両手で持って齧りながら、涙をポロポロ零す。

班員たちは、横目で見あって、

「……マジかよ。ガチのやつじゃん」

「フレイさんが無神経なこと言うから」

「おいマキア、大丈夫か？　泣くか食べるかどっちかにした方がいい」

フレイにレピスにネロ、それぞれらしい心配の仕方をしてくれる。優しいのか優しくないのかよくわからないけど。

「あ、おい！　あれを見ろ」

その時だ。ネロが立ち上がって階段下から出た。私たちも彼に続く。

ネロの指差す方向、ここより少し上の渡り廊下を、あの【風】属性のボール型オートマトンがカラコロカラコロと転がっている。周囲に旋風を巻き起こしながら。

お目当てのオートマトンの姿を見たら、乙女の涙も引っ込んで、

「出たわね、白色目玉は私たちのものよ！」

慌ただしく荷物を片付けて、私たちは急いでボール型オートマトンを追いかけた。

だがボール型オートマトンを見かけた場所に辿り着くと、そのオートマトンを挟んで、

別の班と出くわした。

それもガーネットの1班。ベアトリーチェの班だ。

私たちはお互いの目的がわかっているため、バチバチと火花を散らして睨み合う。

「ちょっと、このオートマトンは私たちが先に見つけた獲物よ。おわかり？」

私は高圧的に威嚇。だけどベアトリーチェは余裕ぶって金髪を払いながら、

「知ったことではありませんわ。先に目玉を奪った方が勝ち。そうではなくて？」

「う。ま、まあ確かに」

ぐぬぬ……。すぐ引いてしまった私に「班長弱すぎ」とフレイが。

ベアトリーチェはクスッと笑うと、先手必勝とでも言わんばかりに、すぐ後ろに控える自分の執事、ニコラス・ハーバリーに命じた。

「ニコラス！　やっておしまい！」

「承知いたしました、ベアトリーチェお嬢様」

胸元に手を添え、優雅な笑みをたたえたまま、彼は身体の右半分を透明の水に変えた。

これには私たちガーネットの9班もびっくり。

「おーほほほ！【水】の申し子であるわたくしのニコラスは、体の一部を水に変え、自在に操ることができるのです！　そしてその水圧は、風にすら勝る！」

「嘘っ！　執事君【水】の申し子だったの⁉」

執事君は半分になった顔に控えめな笑みをたたえ、「申し子の講義にも参加していたのですが……」とか言っている。

私とフレイはきょとん。いつもベアトリーチェと一緒のイメージなので、単体を認識できなかったのか……っ。

さて。こんな風にこちらが困惑している間に、執事君は、操るその水を、密かに地面に這わせていた。気がついた時にはもう、ボール型オートマトンの下にも、我々の下にも流れてきている。

「マズい！　先手を打たれたぞ！」

ネロの掛け声とほぼ同時に、執事君の【水】がいくつもの帯を成して、地面から噴き上がる。その水の帯が【風】のオートマトンに向かって押し寄せ、周囲を囲みながら捻れていって、巨大な水の柱を生み出した。オートマトンは執事君の手中、もとい、水中に閉じ込められる。

「ぎゃあ～」

それだけでなく、水の噴射に巻き込まれ私たちも別の回廊へと吹き飛ばされる。まるでギャグマンガのごとく、ピュ～ッと。

ベアトリーチェ率いる１班の笑い声がしてくる。ムカツク。あいつら何にもしてないくせに～っ！

「このままじゃ、あのオートマトンは1班のものだ」

ネロがすぐに立ち上がり、水の柱に向かって色んな魔法で衝撃を与えているが、どれも水の表面にしか影響を与えられない。

あれはただの水ではなく、申し子の意のままに操れる水。とても硬く重い壁のようだ。

「レピス、転移魔法であのオートマトンをこっちに持ってくることはできないか？」

「……無理ですね。もっと近くで、できれば触れてないと」

「おい、ヤベーぞ。水圧でオートマトンが潰されかけてる。ありゃもうダメだな」

ネロとレピスはできることを探っていたが、フレイはもう諦め気味。

私はというと、苦手な水を犬のようにブルブルブルッと振り払って、

「諦めるのはまだ早いわ！」

キッと、目前の水の柱を睨み、自分の髪を一本抜いて、レピスの槍を借りる。

「何をするつもりですか、マキア」

「あの水の柱に、熱で穴をこじ開けてやるのよ。そしてオートマトンを貫いて押し出す」

「えええっ⁉」

私は驚く班員たちに、かくかくしかじか説明し、協力を仰ぐ。

班員たちは「もうヤケだ」と言わんばかりに、私の案に乗ってくれた。

私は槍の先端に自分の髪を巻きつけ、ネロには軌道を正確に計算してもらい、レピスに

は槍を撃ち放つ噴射の魔法の補助をしてもらい、フレイには別件をお願いし……

「メル・ビス・マキア――火の槍よ、貫け！」

私の熱魔法で先端が赤く熱されてた槍を、いざ、水の柱に向かって投げ込んだ。

細長い槍は、分厚い水の柱に穴を開けて貫き、【風】のオートマトンを貫きこそしなかったが胴体をかすめた。そして水の柱を通り抜け、向かいの塩の石の壁に突き刺さる。

「んなっ⁉」

水の柱を作っていたニコラス・ハーバリーと、その主ベアトリーチェは、私たちの奇抜な攻撃に目を丸くして驚いていた。

ほどなくして、水の柱が水蒸気を上げながら、パンと弾けて瓦解する。

おそらく熱に耐えきれず、執事君が自分で解いたのだ。

水の柱から解放されたボール型オートマトンが、地面で再び猛烈なスピンをしているのが見えた。猛烈って言うか、なんか凄い。壊れて暴れまわっている感じ。

それが今までに無いくらいの竜巻を生み出し、辺りの水蒸気すら吸い込んで、何者も手出しができない状態になっている。すぐ側にいた1班の班員たちは、身体を屈めて魔法壁でガードするだけで精一杯という感じだ。

だけど、そう。弱点は変わらない。あのオートマトンは、動きを封じればいい。

「フレイ、今よ！」

フレイの姿は見えないが、

「フレ・イ・ノーア――震えて割れろよ！」

彼の雑な呪文がどこからか聞こえたかと思うと、オートマトンの真下に大きな地割れができた。その地割れの隙間に嵌って、オートマトンがスピンできなくなる。

動きが止まれば、風が止む。私たちはそれをしっかり見越して、すでに元の回廊まで戻ってきていた。回廊の真下から、フレイもひょっこりと現れる。

フレイは【地】の申し子で、回廊の裏側にもくっつけるし、地割れ系の魔法は得意だ。

「ったく、奴の真下に潜り込んで、地割れを起こせなんて無茶苦茶だぜ班長～」

「いいからフレイ、あなた目玉取りに行って！　一番足が速いでしょ！」

地割れに嵌った【風】のボール型オートマトンは、しばらくその場でガタガタ震えていたが、壊れてしまったのか、ちょうど白色の目玉をポロッと落としたところだ。

「よっしゃもらったぁ！」

フレイがいち早く駆け寄り、転がった目玉めがけて手を伸ばす。と、その時、

「ご容赦を、殿下！」

「ええっ⁉」

なんとベアトリーチェがこちらの動きをしっかり把握しており、フレイに身縛りの術をかけた。ベアトリーチェめ、第五王子様になんてことを～っ。

白い目玉はフレイの手を逃れ、勝手気ままにコロコロ、コロコロと……

「ヤベッ！　回廊から落ちるぞ班長！」

「行きなさいニコラス！」

私はすでに白い目玉のすぐ側にいて、手を伸ばしていた。執事君もまた、素早い身のこなしでこちらまで駆けてくる。

ほぼ同時に、私たち二人は白色の目玉に飛びついた。

だが、ぶつかり合うようにお互いの手が触れ、執事君は何を思ったのかその手を引っ込めた。要するに、先にゲットしたのは──

「白色目玉、取ったわーっ！」

この私、この私である。私はゲットした白色の目玉を掲げてみせた。

いつの間にか、1班VS9班の戦いを野次馬していた他班の人たちもいて、彼らがあちこちでパチパチ拍手してくれる。ありがとう、ありがとう。

「あ……っ、ありえませんわ」

ベアトリーチェだけは、口をあんぐりと開けて、現実を受け入れられない様子でいた。

ほぼ空気だった、他の1班の連中も。

「御愁傷様、ベアトリーチェ。先に目玉を手に入れたほうが勝ちなのよね。だったら、私たちの計画と執念の勝利よ。おーほほほほほほ」

私のわざとらしい高笑いに、ぐぬぬ、と悔しがるベアトリーチェの顔がたまらない。

執事君が「申し訳ありません、お嬢様」と、しょんぼりして主人に頭を下げている。

どことなく顔が火照っているような……

「いいえ、あなたはよく頑張りましたわニコラス。それより……」

ベアトリーチェは執事君を責めなかったが、彼の頬や額を何度か触れた後、彼の手を優しく取って、渋い顔をした。

「もしかして執事君、手を火傷してる⁉　いつかしら、槍で貫いた時？　お腹に穴とかあいてない⁇」

私が傍らで青ざめていたら、執事君は「あはは」と爽やかに笑って、

「申し子の体質で生んだ水が貫かれたからと言っても、私自身は怪我などしません。ただ、あなたの槍に込められた熱で、私自身がのぼせてしまいました」

「あ。そういえば、【水】の申し子ってのぼせやすかったわね……それであの時、水の柱を解除したの？」

「ええ。意外と水は、熱に弱いのです。そしてこの手の火傷は、目玉を取り合った時、マキア嬢の手に直接触れてしまったからでしょう。いや～とても熱かった」

そうか。だから執事君は、あの時私の手に触れ、自分の手を引っ込めたのか。

しかし同時に、一つの疑問が浮かび上がる。

執事君は【水】の申し子だった。王都で私を襲った青いピエロも【水】の申し子だと言われているが、あのピエロに、私の熱体質は効かなかったような……

「ん？」

なんだか足元で、ピシピシ不穏な音がする。とか思っていたら、

「わ、わあああああああっ！」

さっき地割れの魔法を使ったせいで、回廊のこの一帯が一気に裂けて、私たち9班の面々と、一部の1班の連中が、崩れ落ちた足場と共に落下する。

他の班員たちは円盤型の救命ボートに掬（すく）い上げられているのに、私だけが拾われ損ね、この迷宮を下へ下へと擦り抜けていく。

まるで、奈落（ならく）へと吸い込まれていくようだった。

第七話　学園島ラビリンス（下）

ザバン――

水に、激しく体を打ち付けた。どうやら落下した先に水たまりがあったようで、私はそこに落ちたみたい。

命は助かったが打ち付けた全身が痛いし、水が私の体を絡め取り、暗い深淵まで引きずり込んでいく……

そういえば。

あれは私が十二歳の頃だったかしら。公爵家であるビグレイツのお屋敷に招かれ、その庭園にある池で、溺れたことがある。

その日は幼馴染みの公爵令嬢スミルダのお誕生日だった。

公爵邸のお屋敷の庭の池には、珍しい大きな睡蓮があったのだが、睡蓮の葉の上は人が乗って歩けるのよと、スミルダが言い出して……

『マキア、乗ってみなさいよ～。もしかして水が怖いのぉ？』

こんな風にスミルダに煽られて、私ったら強がって、睡蓮の葉に乗っちゃった。そのままひっくり返って池にドボン。

我ながら馬鹿だったと思うわ。【火】の申し子だったせいで、水が私を引き摺り込んで行く……その感覚に恐怖を覚えたのは、あの時が初めて。

冷たくて、苦しくて。水面の光も遠ざかって、意識も朦朧として……

水そのものが、私を嫌っているのが、何となくわかった。

『お嬢！』

そんな時、池に飛び込んで私を引き上げてくれたのは、従者として私についてきていたトールだった。

『お嬢、あなた馬鹿ですか！　水が苦手のくせに！　この馬鹿！　馬鹿お嬢！』

引き上げて早々、お嬢様を馬鹿馬鹿いう奴だったけれど、この時ばかりは正論で、反論などできない。

それに、私はこの時、ガタガタと震えていて、それどころではなかったっけ。

水に濡れて寒かったんじゃない。体の寒さは、自分の熱でどうにかできるし、服も髪も、すぐに乾いてしまう。

だけど、怖かった。水というものが恐ろしかった。

水の精霊たちから向けられる敵意のようなものを、水を通して感じ取ってしまったから。

そんな私に、自分の上着をかけながら、トールは言った。

『大丈夫。お嬢には俺がついている。あなたが俺の鎖を溶かしたように、あなたが溺れるようなことがあれば、俺が何度でも、引き上げますから』

トールはその言葉の通り、いつも私の行く場所についてきて、私を見守り、私の危険を取り除いた。私もまた、トールに心配や手間をかけないよう、自分の行動に責任を持つようになったっけ。

トールが居なくても私は、一人で強くならなければならない。

こんなところで、死んでたまるか。

◯

「ゲホゲホ。ゲホゲホ……ッ」

私は地面に向かってむせ込んでいる。

むせ込んでいるということは、生きている。そして手には、白色の目玉をしっかりと握りしめていた。

「よお〜、マキア・オディリール。ちゃっかり生きてるようだなあ」

知らない男の声が頭上から聞こえた。

笑いを堪えたような低い声だ。曖昧だった意識がハッと現実に引き戻され、顔を上げる。

「だ、誰⁉」

灰色の短髪、青と緑のオッドアイ。それを上回るほどインパクトのある、目の下の濃いクマ。見るからに顔色と人相の悪い男が、そこにいる。

しかも上半身裸で、よく鍛え上げられた古傷だらけの体を晒し、悪魔かと見紛う恐ろしい笑みを浮かべたまま、ギザギザした歯をむき出しにして私を上から見下ろしている。

この人、前に王都で私を付け狙っていた、あの男だ。

「あ、あなた、あの時の……っ⁉」

私はずぶ濡れのまま、体を引きずって後ずさった。

ヒュッ――

鋭いナイフが真横を通り過ぎる。

灰色の髪の男が投げたもののようだ。掠めた気がして頬に触れると、手にべっとり血が。

サーッと青ざめる。やっぱり、私、命を狙われてる……っ！

「わ、私を……殺しに来たの」

私は自分の身を守るために、指輪をかざして身構える。

「ハッ。馬鹿め。テメーの頬に泉のヒルがくっついてたから、取ってやったんだろうがよ」

恐る恐る振り返ると、背後には巨大な古木があり、そこにナイフで貫かれた大きなヒルが刺さっている。

なら、頬の血も、ナイフで切られた自分のものじゃなくて、ヒルの血？

「え？　これ、どういう状況？　私、溺れてたんじゃないの⁉」

「何だオメー、仕組みもわからずあの〝静かの泉〟を脱出したのかよ」

「静かの泉？」

男が「ん」と上を指差す。

顔を上げると、天井の代わりにゆらゆらと水が揺れている。

もしかして私、あれを通り抜けてここに落ちたのだろうか……

「オメー、よくあの水の中で暴れずにいられたな。あれは第一ラビリンスから第二ラビリンスを隔てる〝静かの泉〟。あの中で暴れでもしたら絶対に抜けられないが、暴れず静かに沈み続ければ、ここ第二ラビリンスに落ちることができる。ずっと昔に、〈白の賢者〉が、ヒルの姿をした水の精霊に命じて施した仕掛けだ。おかげであの泉はデカいヒルだらけ。知っているものはごく僅かなはずだが……さては知ってたな？」

「い、いや……」

首を振りつつ、今一度、水の天井を見上げた。

水を下から見上げるなんて珍しい。まさに魔法のなせる業。

私が【火】の申し子で、水の中でもがくことすらできなかったから、通り抜けることができたということ？　これもまた、奇妙な話だ。

「あなたも、この水を通り抜けてここへ？」

「ああそうだ。おかげで水浸しだし、血を吸われて腹が立つ。俺様は濡れるのが嫌いなんだ。ついでにヒルも嫌いだ」

悪党顔の灰色の髪の男は足元に落ちたヒルを踏み潰しながら、吐き捨てるような口調で言った。

それにしても、この男の喋り方、どこかで聞いた覚えがある。

灰色の髪の男は、探るような視線を私に向けつつ、ぎゅっと強く絞りきった上着をバサバサッと広げて、豪快に羽織る。

「……うそ」

その上着に、私はすっかり驚かされた。

裾の長い白の司教服だ。

首にかけた灰色の帯は、ヴァベル教の高位の司教の証である。

転がしていた司教冠を頭に被ると、もう完璧に司教の装束だ。本来なら清廉なものに見える司教冠のヴェールが、頬に張り付いて鬱陶しそうだけど。

徳の高そうな格好とは裏腹に、その顔はやはり悪党じみていて、青と緑のオッドアイは鋭くギラついている……

「で、オメー、俺様のありがたい教えは役にたったかよ？」

そして、やっと、ピンと来た。

「ああああああっ！　ディーモ大聖堂にいた、口の悪い俺様司教！」

「てめえ、ド偉く徳の高い俺様に向かって、とんでもねえ言い草だな。そして人を指さすんじゃねえ。マイナス５点だ！」

「マイナス⁉」

何を減点されたのかはさっぱりだが、私の頭は猛烈に混乱していた。

信じられない。このあからさまに悪党顔の男が、司教？

いや、私も散々悪女顔とか言われるから、人は見た目によらないけれど……

え？　ていうかなぜディーモ大聖堂の司教がここに？

混乱しまくっている私をよそに、その男はランタンをぶら下げた司教杖(じょう)を手に取り、それを乱暴に振るう。途端にランタンは青白い炎を灯(とも)し、周囲を照らした。

やっと周囲を確認する余裕も出てきたが、驚いたことに第一ラビリンスとはかなり様子が違う。

周囲は広々とした薄暗い荒野だ。デリアフィールドにも似ている。

所々にポッポッと背の高いセコイアの木が生えていて、空の水たまりから差し込む光が、帯を作って大地を点々と照らしていた。

「ここは……どこ？」

「ドアホめ。さっきも言ったじゃねーか。ここは第二ラビリンス。ルネ・ルスキアの地下迷宮だっつーの」

「でも、どう見ても荒野ですよね。要塞(ようさい)感ゼロですけど」

「魔法学校で学ぶ魔女のくせに、適応能力の低いやつだな。マイナス7点だ」

司教は耳の穴をほじくりながら、雑に言い捨てる。

「ルネ・ルスキアは大魔術師たちによって作られた、難攻不落の魔法の要塞。最も突破困難なのが、第五層まである地下迷宮(ラビリンス)だと、あの野郎に聞いたことがある」

……あの野郎？

「第一ラビリンスは〝塩の迷路〟、第二ラビリンスは〝最果ての荒野〟。そう、ここのことだな。そして第三ラビリンスは〝空の孤城〟、第四ラビリンスは〝鏡の部屋〟、第五ラビリンスは――」

それ以上詳しいことは語れないのか、それとも知らないのか。司教様は「あー」と変な声を出したあと、

「まあ、階層ごとに特色のある地下迷宮が続いている訳だ。最下層の第五ラビリンスに行

ける者は、この魔法学校の創設者たちだけだって聞いたことがあるぜ」

「……最下層には、何か大切なものでも隠されているのですか？」

「おっと。勘だけはいいようだ。プラス２点」

私が、第五層まである学園島ラビリンスの、第二層に落ちてしまった、というのはよくわかったのだが……

「さっきから減点したり加点したり、それ一体なんですか？」

「テメーが守護者に選ばれてから、ずっと見張って点をつけてんだよ。その様子じゃあ、気がついてなかったみたいだがな。恐ろしく鈍いヤツ。はい、マイナス10点～」

「…………」

勘がいいと褒められたかと思ったら、鈍いヤツだと馬鹿にされ……

司教は、いつの間にか乾いた司教服を翻し、自らを親指で差しながら堂々とした面構えで名乗った。

「今更だが名乗ってやろう。俺様はヴァベル教国から派遣された偉大な司教・エスカ。テメーが守護者に相応(ふさわ)しいか確かめてやっている審査官でもある。要するに、テメーの運命は俺様次第。クッハハハハハ！」

「……マジですか？」

思わず出てきた言葉を、飲み込むことなくポロッとこぼす。目を丸くさせて。

エスカ司教は邪悪な笑顔のまま「マジに決まってんだろうがボケ！」と。

そして杖を持って私に背を向け、荒野の中を突き進んでいく。

私もまた自分の力で服や髪を乾かしながら、慌ててその司教について行く。ここに置いて行かれたらたまらないもの。

「ん？」

私は、司教の持つ杖の先端にぶら下がったランタンに灯る、青白い炎に注目した。よくよく見たら、青白い炎に、手足と目と口と歯がある。

炎なのに暴れまわって、ランタンが壊れそう。

「これって……鬼火ですよね。魔物の」

「ああそうだ。ウィル・オ・ウィプス。通称〝愚者の鬼火〟。フレジール皇国には昔からいて、人里で悪さをする〝魔物〟の一種だ。精霊じゃあない」

魔物って、実は初めて見る。ルスキア王国にはほとんど居ない存在だから。

顔を近づけてまじまじ見ていると、鬼火は私に向かって歯をむき出しにして「シャー」と威嚇した。威勢のよいこと……

それにしても、守護者の審査官か。前にユリシス先生が、私のことを教国の使者に判断してもらうとか、言ってたような、言ってなかったような……

その時、ハッと気がついたことがあった。

「もしかして、王都で私に近づいてきたのも、何か審査するためだったのですか？」

「やーっと気がついたかドアホめ。俺様が直々にテメーの力量を測ってやろうとしたのに、テメーは尻尾巻いて逃げやがった。あの時はマイナス50点くらいしたなあ」

「…………」

要するに、あまり評価は高くなかった、と。

別に、守護者として高評価を得たい訳ではないが、点数というものに妙に怯えてしまうのは、前世からの悲しい性である。

「それで、司教様。ここにいたのも、私を監視するためでしょうか？」

チラリと司教を見上げ、少し探りを入れてみる。

ルネ・ルスキアの、しかも学園島ラビリンスに勝手に入ることは許されない。

司教は私の問いかけには答えず、さっきから顔を上げて、じっと空を見てる。

空というか、水たまりというか。今まであんなに穏やかだった水の天井が、なんだか少し揺れていると思ったら、明らかに波打ちだした。司教はチッと舌打ちをして、

「おい。クソみてえなポンコツが降りてきたぜ」

天井の水に渦を巻いた穴が開く。そこから光が差し込んで、何かが降りてきた。

それは、見たことのない巨大なオートマトン。

後光を背負い、機械の羽を羽ばたかせ、頭部には細い輪っかを掲げている。

その姿はまるで天使のようだが、人骨のような機械の指を組み、瞳のくり抜かれた顔に笑みを湛えるその姿には、途轍もない恐怖を感じた。

「な、なな、何あれ」

第一ラビリンスで、生徒たちを相手にしていたオートマトンとは、何かが違う気がした。

エスカ司教はニッと笑って、私に鬼火のランタンをぶら下げた杖と冠を押し付ける。

「この聖者面した【光】のポンコツ、不法侵入者を排除するためのオートマトンだろう。上級兵器モードだ」

「私、ただ落ちてきただけなのに!?」

とか言ってると、天使型オートマトンが長い腕を振るい、もの凄い勢いで私たちに掴みかかる。

「ぎゃっ」

私はエスカ司教に頭を押されて、顔面から地面に伏せる。おかげさまで助かったけれど、レディの顔は泥だらけ。

「ペッペッ。泥の味がする」

「テメーはそこで這いつくばって、俺様の裁きっぷりを見ているんだな。このポンコツは、華麗に廃棄処分だ！」

「え？」

顔を上げると、エスカ司教が不敵な笑みを浮かべながら、司教服の広い袖より、ルスキア王国ではあまり見ない銃器を取り出した。

ライフルだ……っ！　その服のどこにそれが入ってたの⁉

エスカ司教は銃を構え、絶え間なくライフルをぶっ放ち続ける。

「クッハハハハハハ！　死ね死ね死ね死ね、役立たずのガラクタが！　偽物の聖者が！　そのアルカイックスマイルが最高にムカつくんだよ！」

絶え間なく聞こえる激しい銃声の中、司教のイメージからは程遠い言葉を、死ぬほど聞いた。

弾が切れると、また新しい銃を司教服の中から取り出す。そして歴戦の軍人のような身のこなしで【光】のオートマトンの攻撃を楽々躱し、気がつけばその頭上に立って、天使の輪っかに足をかけ、冷たい顔して頭部の頂点にライフルを突きつけていた。

幾重にも連なった緻密な魔法陣が、その一点に集約されていく。

無詠唱で上位召喚魔法を使い、複数の精霊の力を借りている証拠だ。

「メー・デー。哀れな鉄人形に救済を」

その銃弾がオートマトンを真上からぶち抜いて、大爆発。

しかし爆発の被害が広がらないよう、かなりの数と質の魔法壁が同時に発動している。

これは、ラビリンスの仕様ではなく、エスカ司教の発動したものだ。私の頭上にも一応、魔法壁を張ってくれている。

「す、凄い」

言ってることは無茶苦茶だし、司教らしからぬ戦闘スタイルだが、凄腕の魔術師でもあるということが、この戦闘でよくわかった。

「チッ。あんな雑魚だとは思わなかったぜ。つまんねーの」

しかもかなりの余裕。この司教、本当にいったい何なんだ……

「あ」

足元に転がってきたのは【光】のオートマトンの頭部。頭を撃ち抜かれたのに半分造形を保っていて、まだ口を開けてコーコー鳴いている。頑丈にできているんだな。

なのでそれをガッと踏みつけ、得意の金属を溶かす魔法でトドメを刺した。

「あのう司教様」

「てめー、今、めっちゃえげつねーことしたよな？」

「私、上に戻りたいのですがどうしたらよいでしょう。班員たちと合流しないと。教えてください司教様」

司教の指摘はサラッとスルーし、迷える子羊にどうか救いを、のポーズ。

目玉を集め終わったとして、班員たちと合流しなければ、課題をクリアできない。

「図太いヤローだ。さすがはこの世界で一番悪い魔女……いや、まあいい。ついてこい」

司教エスカは、炎上するオートマトンの残骸を尻目に、荒野を歩いて進む。

私もそれに、おとなしく付いて行く。

この荒野は、所々に地割れがあるのだけれど、覗くとそこには青空が広がっていて、なんだか妙な感覚に陥る。地面の隙間から、青空？

「おい、それは〝空間割れ〟だ。落ちたら、第三ラビリンスに引き摺り込まれるぞ」

なるほど。あの青空は、もう一つ下の階層のラビリンスのものか。

そういえば、第三ラビリンスは〝空の孤城〟とか言っていたな。どうせまた珍妙な空間が広がっているのだろう。

「あ」

いつの間にか、遠くにポツンと、何かがあった。

シンプルな、古い石の扉だ。

壁にくっついている扉じゃない。右も左も、前も後ろも、ただの平野なのに、石の扉だけがポツンとそこにある。

前世の世界に、ネコ型ロボットのポケットから出てくる、どこにでも行ける有名なドアがあったな……とか思い出していた。

「第一ラビリンスに戻るには、この扉を通った向こう側にある昇降陣に乗ればいい。だが、その前に……」

司教エスカはズイと私に迫り、色の違う両目をカッと見開いて、問う。

「マキア・オディリール。敵は見えているか？」

その問いかけに、私は表情を引き締めた。

「敵、ですか。気になっていることが、いくつかあります。……敵は本当に【水】の申し子なのか、とか」

同じ【水】の申し子である、ベアトリーチェの執事ニコラス・ハーバリーは、私に触れ負傷した。ならばあの時も、青いピエロに私の熱体質が効いたはず。

いや、それとももしかして……青いピエロは王宮でアイリを狙った者とは別人？

それとも、あのニコラスが、わざと火傷を負ったような演技をしている？

そういえばアイリが狙われたあの日も、ベアトリーチェたちは王宮にいた……

「ククク。敵が救世主や守護者を狙っているのなら、お前は一番殺しやすい獲物だろうな。だが、それはお前だけが、敵に繋がるヒントを見つけられるということだ」

「…………」

そう言う司教様を、私はチラリと見上げて、

「まさか司教様。あなたこそが、私を試すために事件を起こしている真の犯人、とかじゃないですよね？」

「ハッ。その展開はおもしれーが、あいにく俺様じゃねえ。俺様は審査官であり傍観者だ。

そういう事件があったりする中で、守護者の〝適性〟を見ているんだからよお」

司教はギザギザの歯をむき出しにして、弓形の月のような口をして笑う。

「こんなところで死ぬようじゃあ、どのみちこの先、生き残れねーからよお」

まるで、今後起こる争いごとの大きさを、知っているかのように。

「ち、ちなみに今の私の評価は……」

「あ？　そりゃあもう、ダメダメの、ダメ、だな！」

司教は私の目の前で腕をバッテンにして、念押しの如く「ダメです！」と言い切った。

「今回は、鈍った体を動かす為にあのガラクタをぶっ殺してやっただけ。ついでにテメーを助けてやっただけだ。次は無えからよう、マキア・オディリール」

私はその言葉を、自分なりに重く受け止め、頭を下げる。

「はい、わかっています。ありがとうございました。おかげで命拾いしました司教様」

「ん。よし。お礼が言えたのでプラス10点だ！」

「私は、どこぞの、三歳児ですか……？」

顔も怖いし口も悪いけれど、良い子はちゃんと評価してくれる司教様らしい。

「おら、さっさと行け」

「あいたっ」

せっかくちょっとだけ尊敬の念を抱いたのに、私を足蹴にして、扉の方へと追い立てる。

うら若き乙女を蹴るなんて、やっぱり悪い司教だ……っ。

「あなたは上へ行かないのですか？」

「俺は第四階層〝鏡の部屋〟に用があるんでな。なに、心配せずとも、その扉の向こうにはあの腹黒精霊魔術師がいるぜ。ここにいても、あいつの魔力が発酵したような匂いがプンプン漂ってきやがる。ハッ、最悪」

「はい……？」

「いいから、さっさと帰れ。しっしっ。もう落ちてくるんじゃねーぞクソガキ」

何が何だか。だけど言われた通り、私は目の前の石の扉を開いた。

開いた先は、薄暗い通路になっている。

なんとなくもう一度振り返ると、あの司教はすでに居ない。

「ウーウー」

「ん？」

だけど、あの青白い鬼火だけが私の足元にちょこんといて、私のローブの裾を引っ張っている。

エスカ司教が置いていったのかな。連れて帰れってこと？

「まあいいか。おいでなさいウィル・オ・ウィプス。長ったらしいから、ウィプスでいい？」

「ギイギイ、ウガー」

「あいたっ！」

凶暴な奴でガブッと足に噛み付いてきた。魔物なだけあって言うことを聞きそうにない。

しかし私は【火】の申し子。ウィプスをガシッと手で掴み、開けた扉の向こう側に入ってしまう。扉を閉めると周囲はふっと暗くなったが、ウィプスの青白い炎の灯りのおかげで進む先はそれなりに見えた。スタスタ進んでいると、

「お疲れ様でした、マキア嬢」

「ユリシス先生……！」

通路の突き当りには、精霊魔法学のユリシス先生がいた。途端に安堵が込み上げる。

「申し訳ありません、マキア嬢。またしても学校側のミスで、あなたを危険な目に遭わせてしまいました」

「い、いえ。助けてくださった司教様がいましたから」

「ああ。エスカ司教にはお会いになったのですね」

「……はい。お知り合いですか？」

「もちろん。よく知った仲です。僕は幼い頃、何度か教国に行ったことがありますからね。エスカ司教とも、それなりに交流が」

にこりと微笑むユリシス先生。なんだかちょっと意味深だ。

「ああ、そっか。それでエスカ司教……」

扉の向こうに、誰かが居るようなことを言っていた。

腹黒精霊魔術師とか、魔力が発酵したような匂いとか、かなり失礼なことを。

ユリシス先生は爽やか笑顔で立派な先生だし、ほんのり良い匂いがするし、まずこの国の第二王子だし……本当にユリシス先生のことだったのかな？

「エスカ司教とは、扉の向こうで別れたのですが、良かったのでしょうか」

「ええ。心配ありません。司教は第四ラビリンス〝鏡の部屋〟で保管されている、世界樹ヴァビロフォスの枝に聖水を与えに行ったのです」

「入学式の時に見た、あの世界樹の枝、ですか？」

「ええ、そうです。世界樹の枝は、ただの枝であっても大きな恵みの力を宿しています。ですが、聖地の聖水を定期的に与えなければ、枯れてしまうのです。エスカ司教はああ見えてとても高位の大司教。聖水を世界樹の枝に与える役目を担っているのです」

世界樹ヴァビロフォス。

このメイデーアの神話時代からある、ヴァベル教の信じるもの。

まだ大樹そのものを拝んだことはないけれど、私が守護者であるのなら、嫌でも来年の春にはそれを拝むことになるだろう。

「ところでマキア嬢、こちらの絵画をご覧になりましたか？」

ユリシス先生は、突き当りの壁に掲げられていた、ある絵画の真下へと私を誘う。

古い油絵のようだ。ユリシス先生が杖を翳し、その絵画を淡い暖色の光で照らした。

私は、ゆっくりと目を見開く。

三人の魔術師が、まるで積み木遊びをしているように、大盆の上に何かを積み上げている様子が描かれていた。これって……

「このルネ・ルスキア魔法学校の、創設にまつわる絵画です。この学校は、約五百年前に白の賢者が創設したと言われていますが、実はかの三大魔術師が、白の賢者の立案を元に、力を合わせて築いた要塞だとされています」

「かの三大魔術師……〈黒の魔王〉〈白の賢者〉〈紅の魔女〉が、ですか？」

「ええ。黒の魔王は、要塞を築く設計図と空間魔法と、自らの血と眼球を提供し、紅の魔女は要塞を築く重要な素材となり得る塩の森の石と、自らの血と眼球を提供しました。そして白の賢者は、この要塞を管理する精霊たちと、自らの血と眼球を」

一人は黒いマントを羽織った男で、もう一人は白いローブ姿の長髪の男。そして最後の一人は、とんがり帽子を被った赤いロ－ブドレスの魔女。

五百年前に確かに存在した、三人の偉大な魔術師だ。

というか三大魔術師たち、血と眼球を提供したとかあっさり言うけれど……想像するだけで鳥肌が立つ。

「ちなみに今回の『ラビリンス・ゲーム』も、オートマトンの目玉を集める仕様ですが、これは三大魔術師がルネ・ルスキアに眼球を提供した逸話から、パン校長が思いつきで始めた授業なんですよ～」

「そ、そうなんですね……」

ユリシス先生も楽しげに語ってるし。

目玉集めの由来が、そんなところにあったとは思いもしなかった。でも……

「三大魔術師は仲が悪かったと聞きますけど、共に何かを創り上げるような交流があったのですね」

「そうですね。彼らは何だかんだと言いながら、お互いに認め合っていたのです。大きな力を持つがゆえに、誰もが孤独でした。結局のところ、同じ舞台に並び立ち、分かり合うことができたのは、この三人だけだったのだろう、と」

壁画を通し、どこか、遠くを見つめるような目をしている先生。

「彼らがルネ・ルスキアを作ったのは、破壊の限りを尽くすのではなく、生まれ持った強大な力で、何かを生み出すことができるのだと……信じたかったから」

「……先生？」

「僕はそう、思います。この学校には、彼らの想いが詰まっている」

そして先生は、絵画を優しく撫でるように、触れた。

私はなんとなく、遠い昔のことに思いを馳せ、ロマンを感じたりする。

自分に、ルネ・ルスキアを作った紅の魔女の血が流れていることにも。

「ですがなぜ、そんなに重要なことが、魔法世界史の教科書に書かれていないのでしょう」

「そうですね。……結局のところ、最後に正義となったのは、大魔術師を殺すために呼び出された異世界の〈救世主〉だったからです」

そして先生は、口元に人差し指を添えて、目を伏せる。

「歴史とは、大切なことほど、秘密だったりする」

それこそ、秘密の話でも、するように。

「おっと。まるで魔法世界史の授業のようになってしまいました。さあ、上へ戻りましょう。9班の皆さんが、心配しているでしょうからね」

先生は持っていた杖で、真下にあった魔法陣を突く。

魔法陣はぼんやりと光を放ちながら、地面をキューブ状に浮き上がらせ、私たちを乗せたまま上昇する。学園島ラビリンスには、この手の昇降陣がいくつもあるのだと、ユリシス先生が教えてくれた。

「あ、班長発見！」

「マキア、無事だったか」

「お怪我はありませんか⁉」

第一ラビリンスに戻ったところ、フレイ、ネロ、レピスとはすぐに合流できた。

彼らは凄く心配してくれたし、私が落下してからのことを、色々と話してくれた。

あの後、生徒たちは迷宮の毒気にやられて暴徒と化し、班同士で目玉の奪い合いが始まったらしく、９班の面々はゲットした目玉をどうにか死守しながら逃げ惑っていたらしい。

何それ。私がいない間に、面白い展開になってる……

「あ、そうそう。これ【風】のオートマトンの目玉」

ポケットから白色目玉を取り出した。色々あったけど失くさなくてよかった。

「ウガー、ウガガー」

「おい、それなんだ、班長」

ついでにフレイが、私のポケットにいた鬼火に気がついた。

「ああ、これは第二ラビリンスで出会った司教様が連れてて～」

「……は？」

「まあ、話すの長くなりそうだから、後からね。とりあえずここを脱出しましょう」

もう誰もが疲れ切っていて、この地下迷宮から早々に出たかった。

どこからかオートマトンの機械音や、暴徒と化した生徒たちの怒声や悲鳴が聞こえるが、とにかく美味しいものを食べたいし、お風呂に入りたいし、ベッドで寝たい。

これらの欲求が優って、寄り道せずに地図を見ながら出口まで向かう。

そして、ガイドペーパーに書かれていた通り、四つの目玉を壁の窪みに嵌め込んで、岩扉を開いて脱出に成功した。

「ガーネットの9班、脱出。第二位！」

出て早々、ライラ先生の威勢の良い声が響く。

ん？ て言うか、二位……？

「あーら、マキア・オディリール。あなた生きていたのですね。でもごめんあそばせ。一足遅かったのですわ」

「……べ、ベアトリーチェ」

疲れた私たちの前までやってきて、長いブロンドを豪快に払ったのはベアトリーチェ。

「最初に脱出成功したのは、わたくしたち。そう、わたくしたちガーネットの1班ですわ。よって、わたくしの勝ち！」

「ぐ、ぐぬぬ〜。何度もわたくしって言うな〜っ」

最終的に、ぐぬぬと言わしめたのは、ベアトリーチェ率いるガーネットの１班であった。

「悔しい悔しい。また負けてしまったわ！」

「あなたの悔しがり方は、何と言うか、いつ見ても豪快で気持ちがいいですわね……」

地面を拳で叩く私を、上から見下ろすベアトリーチェと、うちの班員たち。

「マキア・オディリール嬢。ご無事で何よりです」

そんな私に、唯一優しく声をかけ手を差し出してくれたのは、ベアトリーチェの執事君こと、ニコラス・ハーバリーだった。

差し出された手は火傷の手当てがされていて、「痛くないの？」と尋ねたら、彼はやっと火傷を負った手を差し出していたことに気がついた。

そして私は、やっと彼に謝ることができた。

「ごめんなさいね、ニコラス・ハーバリー。火傷させてしまったわね」

「いいえ。私も【水】の申し子の能力を使っていたので、お互い様です。それにしても、大変でしたね。まさか足場が崩れてしまうなんて思いませんでした」

「…………」

その言葉に、裏は無さそうに聞こえる。

品と教養、気遣いを感じる立派な執事だ。ベアトリーチェも、さぞ鼻高々だろう。

実際に隣で、腰に手を当ててとても自慢げな顔をしているもの。

「ニコラス！　すぐに医務室に行きますわよ。応急処置では傷が残ってしまいます」

「はいお嬢様。ですがそう、ご心配なさらず」

「心配なのではありません！　私の執事が傷物になっているのが腹立たしいだけですわ」

「ふふ、左様で」

そしてベアトリーチェは彼を連れて、さっさと医務室へと行ってしまった。

いつも偉そうにしているし、あんなこと言ってるけど、自分の執事が大切なんだなあ。

並び立つ二人の背中は、かつての私とトールを思い出させる。

なんだかんだと言って、信頼感のある空気。

お互いがいれば、無敵でいられるような、お嬢様とその従者。

第八話　夜会の乙女たち

後期授業が始まって、ひと月が経った頃。

私の元に王宮から使いがやってきて、とある招待状を私に押し付けた。

「夜会……？」

夏の舞踏会のような大規模なものとは違うようだが、異国の賓客を持て成すちょっとした夜会が催されるらしく、私にも参加するように、とのお達しだった。

私、まだ守護者であることを公表されていないのに。私を呼ぶ理由なんてあるのかな？

「って、今夜!? どうしましょう。ドレス、前と同じものしかないわよ！」

寮の部屋で一人てんやわんやしていると、レピスが洗面台のある部屋からひょっこりと顔を出した。長い髪を三つ編みにしながら。

「マキア、王宮の夜会に出席するのですか？」

「そうみたいよ。あー、嫌だわあ。憂鬱(ゆううつ)だわあ」

「王宮の夜会にお呼ばれされたら、ご令嬢というものは普通、喜ぶかと思いますが」

「そういうレピスは、お呼ばれされたら嬉(うれ)しいっての!?」

「いいえ、全く」

彼女らしいバッサリ切り捨てるような回答の後、レピスはまた洗面台の方へと引っ込む。

代わりに、彼女の精霊である夜猫のノアが出てきて、私の足元をスルリと抜けると、静かに窓辺に上り、日向ぼっこを始めた。

「ところでレピス。最近、休日はどこかへ出かけているようだけれど、何をしているの？　もしかしてもしかして、殿方とデート⁉」

私も私で、レピスのいる洗面台の部屋に、ニヤついた顔を出す。

「まさか……。お仕事をしているのですよ」

「えっ⁉　アルバイト⁉」

意外な回答に、洗面台の鏡に映る私の顔が、面白いくらいびっくりしてる。

「んー、そうですね、そんなところです。我が一族にしかできない魔術を、ある方に教え込んでいると言いますか」

「え、何それ初耳。誰に何を教えているの？」

レピスは鏡ごしにチラリと私を見てから、

「それは……秘密です」

「秘密かー」

「まあ、もともとそのために、私はフレジールより呼ばれたようなものですからね」

　というわけで、レピスはすっかり身なりを整え、颯爽と外出してしまった。

　レピスの秘密は気になるが、私も守護者になったことをレピスに言えていないし、お互い様だろう。秘密は、魔女の嗜みと言うしね。

「ウーウー」

　出入り口に引っ掛けているランタンの中の鬼火が暴れている。ランタンが床に落ちてしまいそうになったので、私は慌ててそれを受け止めた。割れたら大変だ。

「本当に暴れん坊だこと。水をぶっかけるわよ！」

「ウガー、ウガガー、シャー」

　……威嚇してくるし。精霊は契約次第で人間に従順だが、魔物はそうもいかない。

　この鬼火ウィル・オ・ウィプスは童話にもよく出てくるイタズラ好きの魔物だが、小さな見た目の割にとっても凶暴で、ランタンから出すとすぐに噛み付くし、部屋中を暴れる。

　前にアトリエで放してしまって大変だった。鍋はひっくり返すし、レポート用紙はビリビリに破るし、フレイの髪を毟るし……

　エスカ司教にさっさと返したいんだけど、あれから会えてないしなあ。

　ため息をつきながら、ランタンを机の上に置くと、

「……また新入りがガタガタいってるでち」

「……これは教育的指導が必要ぽよ」

いつの間にか、小さなドワーフハムスターのドン助とポポ太郎がそこにいる。
真顔でウィプスの入ったランタンを覗いている。

「ギイギイ、ギイギイ」

「ここから出せ？　新入りが偉そうにものを言うんじゃないでち」

「我々をただのハムスターだと思ってるぽよか？　かの紅の魔女様の眷属、ハムスター界のレジェンドである我々を」

「ハムスターもレベルをカンストしたら相当なもんでち」

「ハムちゃん先輩と呼ぶぽよ」

ハムスター界のレジェンド……ハムちゃん先輩……

可愛い語尾が逆に恐ろしい。凄み方に慣れを感じるし、私もゴクリと唾を飲む。

このハムちゃんたち、只者ではない。

「ていうか、あなたたち、レベルカンストしてるの？」

「「へけらっ」」

そもそも精霊にレベルの概念があるのかよくわからないが、一応彼らは、この世界で一番悪い魔女の精霊たち。そして、私以外には意外と手厳しいハムちゃん先輩ズなのである。

ランタンの中のウィプスも、気がつけば正座をしておとなしく指を吸っていた。

その日の夕方。王宮までは、メディテの叔父様が用意してくれた馬車に乗って向かう。

ギリギリになってしまったのは、持っていたドレスでは胸元の紋章が見えてしまうため、メディテの叔父様がもう一人の姪である女子寮長ナギー・メディテに掛け合って、別のドレスを用意してもらっていたからだ。

おかげで、いつもの自分ではあまり選ばないブルーのドレス。

ちょっと大きめで、裾が長くて踏んづけてしまいそうなので、私はドレスを大げさに持ち上げながら、長い外廊下を早足で歩んでいた。そのせいで……

「あっ」

曲がり角で別の女性とぶつかりそうになってしまった。

「すみません、大丈夫でしたか⁉」

「なあに、ぶつかってはおらぬ。気にするでない」

ハッと、息を呑んだ。その声の主が、とんでもない美少女だったからだ。

なんて美しい琥珀色の瞳。長い髪はふわふわとした淡い藤色をしている。

頭の左右の、三つ編みで括ったお団子には、深紫色の蝶々が留まっている。

一瞬、その蝶がはためいて見えたが気のせいだろう。髪飾りなのだろうし。

「おや。そなたは……」

美少女は口元にレースの扇子を当てて、私のことを上から下までじっくりと観察している。な、何ごとだろう。

「そなた、ドレスが似合っておらぬな」

「え」

「せめて体に合うよう、仕立て直した方がよい。あ、もう下がってよいぞ」

「…………」

私は似合ってないと言われたドレスを摘んで仰々しく頭を下げ、その場を後にした。

口調といい、振る舞いといい、やけに偉そうだが一体どこのご令嬢だろう……

夜会の会場の外では、中にいる貴族たちの使用人が並んで控えていた。その中に、あのベアトリーチェの執事であるニコラス・ハーバリーがいた。ということは、会場にベアトリーチェがいるのか。

執事君は私に気がつき軽く会釈をする。一応ライバル同士なのに、余裕な男だ。

一方私は余裕のない女。挙動不審な態度でキョロキョロしながら会場入りすると、

「班長！　班長じゃねーか、よかった～班長がいるじゃん～、一緒に居てくれよ」

真っ先に私を見つけて、すっ飛んできた王子が一人。

「ちょっとフレイ。王宮だと私を唯一の味方みたいに擦り寄ってくるの、気色悪いからやめてくれる？」

我が班員のフレイである。いつもは班長である私を雑に扱うくせに、王宮だと味方がいなくて寂しいので、私を見かけるとよく懐いた野良犬みたいに寄ってくる。

「私なんかに構ってないで、年上のご令嬢でも狙いに行けばいいのに。年上キラーなんでしょ？　最近鈍ってるわよ、その称号」

「だーってここにいる女たち、みんなガツガツしてて怖いじゃん。第五王子とか半端だわ～みたいな目で見てくるくせに、いざ狙ってくる時はあざといしよー」

「はーん。なんかよくわかんないけど、あなたも大変ね」

フレイは首元のスカーフをゆるめながら、長いため息。そしてチラリと、隣の私を見て、

「それはそうと班長、今日のドレスあんま似合ってねーな？」

「そこは普通、お世辞でも褒めるところでしょ……っ」

ドレスが似合ってないというご指摘、本日二人目です。

「言っとくけど、これナギ姉のドレスよ」

「え、うそ。マジで？」

以前フレイが惚れて、玉砕した相手、それが私の従姉妹であるナギ姉だ。

フレイは人様の顔を手で覆い隠しながら、ドレスだけ見てふむふむと頷いている。

なんだ、この失礼極まりない男は……。

「ごほん。失礼」

そんな時、フレイの背後から少しトゲのある低い声が聞こえた。私のよく知る声。

「トール！」

そこに立っていたのは静かな怒り顔のトールだった。しかしすぐに愛想笑いを作り、

「フレイ殿下、先ほどダムル伯爵のご令嬢が、殿下を探しておられましたが」

「げ。縁談もちかけられてる令嬢だ。うわー、めんどー」

と言いつつ、私とトールの方をチラッと見て、軽くウィンクをしてこの場を去るフレイ。

一応、気遣ってくれたんだろうか。

ていうか、フレイにも縁談話とか来てるんだなあ。流石、腐っても王子。

邪魔者を追い払ったトールは、私に向き直ると、

「お嬢、ご無沙汰（ぶさた）しております」

騎士らしく私の手を取り、口付ける。

すっかり都会の騎士が板についてしまって。ど田舎の芋令嬢に仕える騎士だったのに、立派になったわねえ……。

「ところで、お嬢」

トールは涼しげな目元を細め、私をじっと見つめた。

その美しい菫（すみれ）色の瞳に見つめられると、恋する乙女らしくときめいたりして、やや心臓の鼓動が速まるが、

「そのドレス、あんまり似合ってませんね？」

「お、お前もか……っ」

顎に手を当て首を捻りながら、私のドレス姿を見ているトール。

トールに言われてしまったら、完全敗北も同然だ。私はがっくりと肩を落とす。

「はあ。実はこのドレス、借り物なの。さっきもフレイに馬鹿にされたところよ」

「……フレイ殿下に、ですか。親しくお話しされていましたね」

「まあ、同じ班だしね。あいつも王宮では居場所が無いみたいだし。ここでは弾かれ者同士、仲良くつるんでたってわけ」

「……そうですか」

からかいどころとでも思ったのか、トールは意地悪な顔をして微笑み、私を覗き込む。

「お嬢は、意外とああいうタイプがお好きですか？」

「えっ？　王子成分？　チャラ男成分？」

「……どっちも、です」

んーと、指先を口元に添えながら、普段のフレイの言動や行動を思い出しつつ……

無いな、とか思ったりする。

「根は悪いやつじゃあ無いんだけどね。ああ、心配しなくても、フレイは年上が好きなのよ。王子でチャラ男で女好きでも、私が痛い目を見ることはまずないから。トール的にはそこが心配なんでしょ？」

「え？　ええ、まあ。しかしそれなら……ひとまず安心です」

トールは僅かに視線を逸らした。

かと思ったら、コロッと態度を変えやれやれと首を振りながら、

「お嬢、デリアフィールドでは俺以外の同年代の男との触れ合いが、まるで無かったですからね～。そういう娘ほど都会デビューでやらかしますから。変な虫が付いたり、悪い男に騙されたり、弄ばれたり」

「なあにそれ。私だってそれなりに警戒してるわよ！　まあ……警戒するほど殿方が寄ってこないけど。トールも知ってるでしょ？　私、第一印象が最悪なの」

「まだ諦めないでください。これからです、これから」

トールは眉を八の字にして笑いを堪えながら、私の頭をポンポン、と。

「相変わらずムカつく男だこと……っ」

トールったら何も知らないで。私が好きなのは、あなたなのよ……っ！

膨れっ面になって睨みながら訴えるが、こんなので伝わるはずもない。

と、その時だ。

「何ということだ！」

華やかな音楽をかき消す怒声が響き、会場はしんと静まり返った。

私もトールも、声の方を向く。

誰もがそちらに注目している。会場の中心には、怒ったギルバート王子と、彼に支えられて泣くアイリと、なぜか、あのベアトリーチェ・アスタがいた。

よく見ると、アイリの頬が赤く腫れている。

「い、いったい何事？」

「……すみませんお嬢、俺、行きます」

トールが顔を顰め、その騒動の方へと駆け寄って行くと、アイリがギルバート王子から離れ、トールに縋るよう抱きついた。

ギルバート王子は、ますます不機嫌そうな顔になり、

「ベアトリーチェ・アスタ。なぜアイリに手を上げた！」

ベアトリーチェを激しく責め立てる。

どうやらベアトリーチェが、アイリの頬を強く打ったということらしいのだ。

ベアトリーチェは震える自分の手を見つめ、ぐっと表情を歪め項垂れている。

「どんな理由があろうとも、世界の至宝たるアイリを打つなど、あってはならない行為だ！　たとえお前が、王宮魔術院院長の孫娘であろうともな！」

「申し訳……ありません……っ、殿下」

ベアトリーチェは声を絞り出し、謝罪した。

頭を下げ謝ってはいるが、どこか納得のいかないと言う表情だ。

ベアトリーチェ。アイリを打つだなんて大事になると、あなたならわかっていたはず。

なのに、どうして。

何も言えず俯いてしまったベアトリーチェを前に、ギルバート王子は目元にぐっと力を込めて、声音を低くした。

「ベアトリーチェ。やはりお前が、アイリを暗殺しようとしていたのか」

「!?」

この騒動を見物していた貴族たちが、またざわついた。

ベアトリーチェは青い顔をして、フルフルと首を振って訴える。

「そんな、ありえませんわ！　わたくしは何も……っ！」

「白々しい……。お前が王宮に出入りし、アイリの周辺で不審な動きをしていたことは、調べが付いているのだぞ」

「そ、それは」

「お前が執事ニコラス・ハーバリーに命じて、アイリに危害を加えたのだろう。救世主暗殺未遂事件のあったあの日、お前が現場から逃げ去る姿が目撃されている。お前の執事ニコラスは【水】の申し子だっただろう」

ベアトリーチェは震えながらも、自身を疑うギルバート王子に対し気丈に訴える。

「確かにわたくしは、夏休みの間、王宮へ通いました。ですが、ニコラスに暗殺を命じるなど、ありえません。ありえませんわ……っ！　もし本当に、わたくしが王宮で、アイリ様に危害を加えようとしたのならば……今回のように、わたくし自身がやるまで」

「お前……っ」

じわじわと、彼女の目元に涙が溜まっていくのがわかる。

金の長い下まつ毛が、それを一生懸命、せき止めている。

疑われたことよりも、自分が執事に暗殺を命じたのだと言われたことが、堪らず悔しかったのだ。

「貴様、今、何を口走ったかわかっているのか！」

「ええ。ですが、信じてくださいませ殿下。わたくしではありません。わたくしは……わたくしはただ、あなた様に、ギルバート殿下にお会いしたくて、毎日王宮に通ったのです」

「…………」

当のギルバート王子は、その言葉にますます怪訝な顔をして、冷たく言い切った。

「ベアトリーチェ、何度言ったらわかる。お前との婚約は破棄したはずだ」

その言葉で、私はやっと、理解した。

前にギルバート王子が、救世主の守護者になったことで婚約を破棄した話は聞いていた。

その相手が、ベアトリーチェだったんだ。

「まさか、婚約破棄の腹いせで、アイリを傷つけたというのか」

「……ここで手を上げた件については、そう受け取っていただいて、構いませんわ」

ベアトリーチェは言い訳などしなかった。

「ですが、王宮での暗殺未遂事件については、わたくしは何も知りません。わたくしはただ、これをあなた様にお返ししたくて……っ」

彼女は、ギルバート王子の前で、あるものを差し出した。

あれは、ベアトリーチェが王都のベンチに座って見つめていた、オパールのブローチだ。

「これは……」

ギルバート王子にも覚えがあるようで、彼はとても驚いた顔をしていた。

それを手に取り、瞬き（まばた）もせず見つめている。

「今は亡き……正妃様のものですから、お返ししなくては、と。それでずっと、殿下にお会いしたくて。ですが、ずっと、殿下はわたくしを避けておられたようだったので……っ」

そこまで告げて、ベアトリーチェはもう堪（こら）えきれず、ボロボロと涙を流した。

そのまま泣き崩れ、地面に付きそうなほど顔を伏せ、手で覆い隠している。

プライドが高くて、高笑いがよく似合っていて、私とは顔を合わせる度に嫌味の応酬で、人前で泣くことなんて絶対になさそうな、あの子が。

あんな姿を、この大勢の前で晒すことになるなんて。

「ベアトリーチェ……ッ！」

私は彼女に駆け寄った。人前で責めたてられ、震えながら泣く彼女を、もう見ていられなかった。

彼女の前で屈み、守るようにして、肩を抱く。

やっと、わかった。

王宮で、彼女と何度となく出くわした理由。

ベアトリーチェがアイリに向けていた、どこか切なげな視線の意味。

彼女は魔法学校でこそムカつくライバルではあるが、抱えていた感情は、多分、誰より私に近いものだった。

「マキア・オディリール？　なぜ貴様がここに。貴様を呼んだ覚えはない、立ち去れ！」

「ギルバート殿下」

私は、落ちるところまで落ちたベアトリーチェの名誉を、多少なりとも保ってやろうと、少しばかり物申す。

「恐れながら、申し上げます。ベアトリーチェは、確かにプライドが天を衝くほど高く、空気の読めない言動は数しれず、過剰な自信と甲高い高笑いが鼻につきますが」

「……なっ」

思わず涙に濡れてぐしゃぐしゃの顔を上げてしまうベアトリーチェ。

ギルバート王子も「は？」と困惑。だけど、私は構わず続ける。

「アイリ様の命を、嫉妬心で陰から狙うような卑怯者ではありません。それに、彼女が大切にしているニコラス・ハーバリーに、そのような酷な命令をするはずがありません！」

「……マキア、あなた」

ベアトリーチェは、自分を庇う私を、不思議そうにして見ている。

「アイリ様を叩いた件は庇いようがないのですが、王宮での件は、もう一度精査を」

しゃしゃり出てきた私を、ギルバート王子は憎らしそうに睨みつけていた。

しかしこのタイミングで、ギルバートの側に現れたのは、王宮魔術師のユージーン・バチストと、複数の衛兵。

バチスト先生は淡々と、何かをギルバート王子に耳打ちしていた。

ギルバート王子は一度目を閉じ、そしてゆっくり開くと、

「ベアトリーチェ・アスタ。貴様の執事ニコラス・ハーバリーを、救世主暗殺未遂の容疑で拘束する」

「!?」

会場の外が、少し騒がしくなった。

大扉の向こうで、衛兵たちに捕らわれたニコラスの姿を見た。

　まもなくして、ベアトリーチェも衛兵に取り囲まれる。ついでに彼女の側にいた私も。

「ちょ、ちょっと待ってください殿下！　あまりに一方的すぎます。証拠はあるのですか⁉」

「…………」

　ギルバート王子は何も言わない。厳しい表情で、もうこちらを見ることもない。

　バチスト先生が、証拠たる知らせをもたらしたと言うことなのだろうが、私に、ここで詳しい話をするつもりはないのだろう。

「どうしてです、殿下……っ、わたくしのことも、ニコラスのことも、殿下が一番よくご存じのはず。それなのに……っ」

　ベアトリーチェは、その続きを口にすることなく、ふっと気を失った。私は力の抜けてしまった彼女を支えながら、いろんな感情が処理しきれず、不安が募ってしまったのだろう。

　だけど、目の端から涙を流し、蒼白な顔をしたまま意識を取り戻すことはない。何度か名前を呼ぶ。

　どうしよう。本当に、ベアトリーチェとニコラスが犯人なの？

　私は、私を襲った霧の刃と、青いピエロのこと、また学園島ラビリンスでの出来事を思い出しながら、言葉にし難い違和感を抱いていた。

　噛み合わない。何かが。

ギルバート王子は、ベアトリーチェを、少しばかり憂いある目をして見下ろしていたが、次に私の方をキツく睨みつけ、

「マキア・オディリール！　お前は今回もでしゃばってくれたな。ベアトリーチェ・アスタとニコラス・ハーバリーには、調査の段階で疑いがかかっておったのだ。何も知らないお前が、調べを進めていた我々に対し、己の感情を優先し場を混乱させるなど、言語道断だ！」

「……ギルバート殿下」

それは、確かに、ギルバート王子の言う通りだ。

私は気を失ったベアトリーチェを抱えたまま、ぐっと表情を引き締め、俯いた。

アイリが、トールの腕の中から、こちらをじっと見ている。心配の眼差しのようにも見えるし、犯人が見つかって安堵を覚えている表情にも思える。

ギルバート王子は、そんなアイリの元へと向かおうとしたが、

「あなたが、何もかもを犠牲にして、周囲の全てを敵のように見なして、アイリを守ろうとする姿は、守護者として正しい……」

「…………」

「きっと、正しいのでしょう」

私の独り言のような言葉に、ギルバート王子は振り返り、今一度私を睨みつけた。

私もまた、淡々と彼を見つめ返す。

わからず屋のギルバート王子。ベアトリーチェはあなたを取り戻したかったのではなく、ただ、あなたを必死に諦めようとしていただけなのに……

ギルバート王子が、ベアトリーチェを連れて行くよう衛兵に指示を出した、その時だ。

「あっはははははは」

この夜会の会場の中で、ひときわ思い切りの良い笑い声が響いた。

誰だこんな大変な時に、と思ってギラついた目で周囲を見回していたら、ちょうど出入り口からこちらへ、ツカツカと歩み寄ってくるご令嬢が一人。

さっき曲がり角でぶつかりそうになった、琥珀色の瞳と藤色の髪を持つ美少女だ。レースの扇子で顔を扇ぎながら、彼女はまた笑った。

「つまらぬ夜会だと思い夜風を浴びて戻ってきたら、思いのほか面白い余興を用意していたのだなあ、ギルバート」

「あ……っ、いえ、これは余興などではなく」

あのギルバート王子が、どこか緊張した面持ちで畏まっている。

藤色の髪の美少女は、口元を扇で隠しつつ、私とベアトリーチェを見下ろした。

「赤髪のそなた、気絶してしまったその娘を、妾の部屋で休ませるとよいぞ」

「へ？」

これにはギルバート王子も、衛兵も、他の貴族たちもびっくり。

トールとアイリも、目をパチクリとさせている。

「い、いけません！　その娘も取り調べの必要があるのです。そもそもアイリに手を上げた罪に問わねば……」

「ほお？　たかだか救世主の娘をぶったくらいで咎めるなど、妾からすれば片腹痛い」

この言葉に、さっきからトールの胸に顔を埋めていたアイリが顔を向け、静かに美少女を見つめていた。少しばかり、ムッとしているかもしれない。

「いえ、レディ。それだけではなく、その娘には様々な容疑がかかっているのです。それにこれは、我が国の問題で」

「くどいぞギルバート」

ピシャリ、と扇子を閉じる音が響く。

「そなた、誰に向かって指図をしておるのだ」

その美少女は、ギルバート王子を横目で睨む。凄みのある口調と、冷たい眼差しに、彼はぐっと言葉を飲み込み、押し黙った。

とんでもないプレッシャーだ。密かに魔力も帯びている。

「ふふ。ずっと借りるわけではない。そこの二人に興味があるので、妾の部屋で少し話をしたいだけだ。なあに、ただの妾の気まぐれで暇つぶし。少ししたら迎えを寄越し、その後は煮るなり焼くなり好きにすれば良い。そうであろう？」

「…………承知致しました」

凄い。あのギルバート王子に対し、かなりの無茶を通し、黙らせた。

魅惑的な琥珀色の瞳と、どこからか漂ってくる甘い蜜の香りに、誰もが惚けてしまっている。その堂々たる高貴な姿に、私もまた魅入られていた。

この子は、いったい何者だと言うのだろう。

「では赤髪のそなた、ゆくぞ」

「え？　は、はい」

ご指名に与り、私は何が何だかわからないまま、ドレス姿でベアトリーチェを背負う。

いや本当に、なんだろうこの状況。ベアトリーチェは重いし、ドレスの裾は踏みそうになるし、誰も助けてくれないし。

唯一トールが動こうとしたが、すぐにアイリに引き止められて、こちらに来ることはできなかった。彼の心配そうな眼差しに気がつき、私は「大丈夫よ」と口だけ動かす。

ギルバート王子もまた、夜会の会場から去る私たちに向かって何か言おうとしたが、それをあえて、やめたように見える。

彼が、あのブローチを強く握りしめたのを、私は見逃さなかった。

夜会の会場のあったセントラルパレスの最上階。そこは、特別な客をもてなす部屋だ。

淡い藤色の髪のご令嬢は、私たちをその中へと招き入れた。

「気を失った娘は、あのベッドで休ませよ。着替えはクローゼットに山ほどある。そなたも似合わぬドレスなど脱いで、楽なものに着替えると良いぞ」

「は、はい」

私は言われた通り、気を失っているベアトリーチェを、部屋にあった天蓋付きのベッドに寝かせた。そして彼女を息苦しくないネグリジェに着替えさせてあげる。

ついでに私も、散々似合っていないと言われたドレスや、苦しいコルセットを脱いで、体に合う別の服を借りた。胸元が開きがちなものばかりで、紋章が見えないよう気をつけながら……。

色々と落ち着いたところで、私はベアトリーチェの寝顔を覗き込む。

「受けたショックが大きいのだ。少し休めば、じきに目を覚ますであろうよ」

私たちを助けてくれたあのご令嬢が、そう声をかけてくれた。

彼女もまた、緩やかな絹のネグリジェに着替えていて、大きなソファで寝転がっている。

だらだらとした態度で、テーブルの上の銀のお盆に盛られていたぶどうを房ごと持ち上げ、口を潤している。なかなか自由な人だな。

私は彼女の方へ歩み寄り、正式に名を名乗った。

「助けていただき感謝します。私はマキア・オディリールと申します。あなたは……」

「妾か？　まあ、フレジールから派遣された大使のようなものじゃ」

私が問いかける前に、質問を先読みして答えてくれた。

部屋の豪華さとロイヤルな雰囲気からして、ただの大使とは思えないが……

とはいえ、フレジール皇国の賓客ということならば、ギルバート王子のあの慌てようも少しは納得できる。ルスキア王国にとっては、より国力のある同盟国の大使だ。もしかしたら王族なのかも。

「あの、何とお呼びすれば良いでしょうか」

「妾のことは〈藤姫〉と呼ぶがいい」

「藤姫……歴史上の大魔術師の名では？」

「ふふふ。そうだ。妾は藤姫の大ファンだからのう」

コロンとうつ伏せになり、細い顎を手の甲で支えながら、悪戯に笑う。

藤姫。約三百年前に実在した、フレジールの女王であり、大魔術師だ。

当時のフレジール皇王の悪政に苦しんでいた民を救うため、反乱を起こして父を討ち、自らが女王の座についたという逸話は有名すぎるほど。蟲の精霊に特別愛され、高いカリスマ性で民をまとめ、フレジールを現代のような大国に押し上げたという。

しかし最後は、側近の裏切りにあい、ギロチンで処刑されてしまったのだが……

「確かに、あなたの髪色は、伝説の藤姫を彷彿とさせるものですね」

「そうであろうそうであろう。よく言われる」

藤姫と名乗った異国の大使は、機嫌を良くしてコロコロ笑う。

そしてまたぶどうをつまむ。果汁で濡れた唇を舐める仕草はどこか艶めかしく、少女らしさと大人っぽさを兼ねた不思議な女性だ。

その時、ベッドで横になっていたベアトリーチェが、小さく唸りながら目を覚ました。

「ここは……？」

彼女は、自分の状況をすぐに理解できず、困惑した表情だった。

「夜会の会場で、あなた倒れてしまったから、こちらの〝藤姫〟様のご厚意で、ベッドをお借りしていたの」

「……マキア・オディリール？」

まだどこかぼんやりとしているベアトリーチェ。

天蓋を見上げ、長い溜息をついて、やがてゆっくりと起き上がる。

「無様なところを、晒してしまいました。まさか、あなたに庇われるとは……」

「私だって、あなたを庇う日が来るなんて思ってもみなかったわ。気分はもういい？」

ベアトリーチェは小さく頷くと、周囲を見渡し、誰かを捜した。

「ニコラス……ッ、ニコラスは連れていかれましたの？」

「落ち着いて、ベアトリーチェ。無実を証明することさえできれば、ニコラスの疑いは晴れるわ」

「ですが、できなかったら？　いったい誰が、わたくしたちの無罪を証明できると言うのです。あの子まで居なくなったら、わたくしにはもう、何も残らないのに」

そこまで言って、ベアトリーチェは自分の顔を両手で包み、ガタガタと震えている。

「……本当に、あなたたちは、何もしていないのよね」

「勿論ですわ！　マキア・オディリール、あなたまでわたくしをお疑いになるの⁉」

「いいえ。同級生だからって無責任に庇うことができるのは、ここまでだけれど」

「…………」

ベアトリーチェは悔しそうに、ぐっと歯を食いしばる。

「きっと、ニコラスが【水】の申し子で、わたくしに救世主様を害する理由があったから、はめられたに違いないのですわ……っ」

ベアトリーチェは、悔しそうに顔を歪め、ポロポロと涙を零しながら、そう訴える。

敵は、自分たちが犯人に見えるよう仕組んでいたのだ、と。

「わたくしが、わたくしが悪いのです……っ。ギルバート様にお会いしたくて、未練たらしく王宮に通ったりしたから。それできっと、目をつけられたのですわ。そんなことも知らずに、わたくし、救世主様に手を上げてしまいました。……もう、誰もわたくしたちを信じては下さらないでしょう」

私はなんと言葉をかけていいのかわからず、複雑な顔をして、側で立ち尽くしている。

そしてこの事件に、言いようのない違和感を覚えている。

ベアトリーチェとニコラスが犯人であるならば、何か嚙み合わない。何か……

「マキア・オディリール。あなたも……馬鹿なことをしたと思っているのでしょう？　救世主であるアイリ様を打つだなんて、身の程知らずな女だと」

「まあ、ちょっとだけ。でも、どうしてあんなことを？　私ずっと気になっているの」

「それは……」

私の問いかけに、ベアトリーチェはしばらく沈黙したが、やがてポツポツと語り始める。

「救世主様に……嫉妬していたのは事実です。ですから彼女が、ギルバート殿下をわたくしに〝返してあげる〟と言ったことに、腹が立って、ぶってしまったのですわ」

「返してあげる？　アイリ様が、あなたにそう言ったの？」

「ええ。最初は何のことだか、さっぱり意味がわかりませんでした。ですが、どうやら本当に、婚約破棄したわたくしに殿下を返して下さると言う意味だったようで。思わずカッとして、ぶってしまったのですわ」

驚いた。あのアイリが、ベアトリーチェにそんなことを言っていたなんて。

そして、その言葉は同時に、アイリがギルバート殿下を、それほど大事に思っていないのではという考えに至る。そう、少なくとも、男性として愛してはいない。

そうか。だから……ベアトリーチェは怒ったのね。

「あなた、ギルバート殿下のことを思って、アイリ様をぶったのでしょう」

「………」

「そして、それをギルバート殿下には、告げなかった」

ベアトリーチェは目を細め、またため息のような笑みをこぼした。

「だって、そんなこと……殿下に言えるはずもないでしょう？　ギルバート殿下は、アイリ様に一目惚れだったのですから。わたくしはその瞬間を、見ていたのですから」

守護者の刻印が現れた第三王子ギルバート様。彼が救世主アイリと出会う瞬間を、ベアトリーチェはたまたま彼と共にいたことで、見ることになったという。

その瞬間の、運命の恋に落ちた一人の男の表情を、ベアトリーチェは理解していた。

「わたくしとギルバート殿下は、幼い頃より婚約者と定められ、定期的にお会いしては、触れ合う機会がありました。要するに、幼馴染みなのですわ」

「……ええ」

「殿下は幼い頃より救世主伝説をご存じで、わたくしにも熱心に語ってくださいました。

有名な〈トネリコの勇者〉の伝説と共に。いつか現れる異界の人間が、この世界を導いて下さるのだ、と。自分は王にはなれないし、魔法の才能は無いが、異世界の使者が現れたのなら、その者を守る剣でありたい、と……」

ベアトリーチェは幼いながら、何事にも興味を示さないギルバート王子が、唯一熱心に語るこの話を、楽しく聞いていたという。

そして、そんな二人の幼い子どもを、見守っていた王妃が一人。

「ギルバート殿下の母上は、今は亡き正妃様です。殿下の気高さは正妃様譲りで、お姿もとても似ていらっしゃるのですわ」

「そういえば、あなたが持っていたブローチも、正妃様のものだと言ってたけれど」

「ええ。そうです。あれはまだわたくしが幼かった頃……王宮の庭園で転んで泣くわたくしに、ギルバート殿下が預けてくださったものなのです。正妃様の形見だというのに、わたくしを慰め、泣くな、強くなれ、と言って」

その時のことを思い出したのか、ベアトリーチェの表情は僅かにほころんだ。

「いつか王子の妃となる身なれば、強くあらねばならないと、あの方はおっしゃいました。ちょうど正妃様が亡くなられてすぐのことでしたから、わたくしは殿下の無念を感じとり、強くなると決意したのですわ。あの方の言葉は、わたくしの道しるべでした」

その話を聞いて、ベアトリーチェが魔法学校で首席を目指していた理由が、わかった。

婚約破棄されてもなお、第三王子の妃にふさわしい自分であろうとしたからだ。

「救世主様を見守る殿下は、いつも、とてもお幸せそうで。その目を見ただけで、ああ、殿下は恋をしていらっしゃるのだと、思い知らされました。わたくしにはとても見せないような表情だった。だから、ブローチを返し、もう一度思いを伝えて、諦(あきら)めたかった」

そして、彼女はゆっくりと私を見上げ、問いかける。

「マキア・オディリール。あなたもわたくしと、同じような気持ちでしたか？」

ベアトリーチェは、私の騎士が守護者に選ばれたことも、知っているのだろう。

彼女の瞳(ひとみ)の色は、いつものライバル心むき出しの好戦的なものではなく、純粋な興味と、共感と同情が、見え隠れしている。

「……ええ」

私は、素直に頷いた。状況は少しずつ違うけれど、私とベアトリーチェは似ている。

同じ切なさを抱いた者同士だ。

「そう……ですか」

ベアトリーチェは、ふっと微笑んだ。だが虚(むな)しいと言うより、安らかな笑み。

まだ何も解決していないが、私に思いを吐き出して、少しすっきりしたのかもしれない。

と、その時だ。

「哀れよのお。男の為に自らを高め続け、結局その男に切り捨てられるなど」

あの異国のご令嬢〝藤姫〟が、わかりやすく溜息をついた。

私たちはハッとして彼女の方を見る。彼女はいまだソファで寝転がり、いつの間にやら水煙草をふかしていた。

「結局のところ、そなたは男の装飾品としての価値を高めようとしただけだ。男は別の、もっと価値の高い宝石が現れたとあれば、そちらに魅了されてしまうというのに」

ベアトリーチェはその意地悪な言葉に対し、少しムキになって訴える。

「わたくしはただ、ギルバート様を助けられる存在になりたかっただけですわ！」

「そう。そして救世主が現れたことで、そなたの存在は意味をなくし、今までの努力も、積み上げた想いも、一瞬で無駄になった」

「……っ」

「そなたは王子の都合で自分の人生が変わったのだ。しかも愛情が裏目に出て、救世主暗殺未遂の疑いまでかけられて。ふふ、これを哀れと言わずに何と言う。これからお前は、どうするというのだ？」

「それは……」

ベアトリーチェは何も言えなくなった。

正直、私には、ベアトリーチェの悔しさや悲しみが、良くわかる。泣きたくなるほど。

だけど王宮側は、ベアトリーチェたちが犯人であると決めてかかっている。

何か根拠や証拠を揃えたということなのだろうが、それを覆すには、もはや……

「真犯人を、見つけるしかないわ」

私は静かに、そう断言した。

ベアトリーチェは驚き、嘆き悲しみ、悲劇のヒロインを気取っている暇などないぞ。お互いに、

「ふふ、そうだ。嘆き悲しみ、悲劇のヒロインを気取っている暇などないぞ。お互いに、傷を舐め合っている暇もな。考えよ。自分を陥れたのは誰か。どうすれば、自分の未来と、尊厳を守れるのか」

……自らの未来と、尊厳、か。

藤姫はピシャリと扇子を閉じると、そのまま勢いをつけてソファから立ち上がる。その反動で、ふわりと、甘い蜜のような香りがした。

「妾は今から旧友を訪ねる。お前たちはこの部屋を好きに使え」

彼女はネグリジェの上から絹の上着を羽織って、なぜかクッションを一つ抱きしめて、この部屋を出て行こうとする。

「あの、藤姫様」

彼女がこの部屋に戻ってきた時、私たちはもうここには居ないかもしれない。

お礼をと思ってこの名で呼んでみたら、彼女はくるりと振り返り、琥珀色の視線だけで私を黙らせる。そして、今までで一番、美しい笑みをたたえた。

「何も言うでない。どうせまた、近いうちに相見えるだろう」

「…………」

「そなたの帰還を心待ちにしておるぞ、マキア・オディリール」

そしてそのまま、軽やかに部屋を出て行った。

どこから入り込んだのか、黒紫色の蝶々が、ひらひらと目の前を舞って、部屋に飾られたアイリスの花にとまる。

「帰還……？　どこへ⁇」

その言葉の意味はさっぱりだが、フレジールの大使ともなると、只ならぬ存在感があるというものだ。

と言うか、本当に大使なのかしら。もっと凄い人だったりするんじゃ……

「あ、ぶどう余ってる。せっかくだしいただこうかしら。あ、ベアトリーチェも食べる？」

「あなた……」

「固いこと言わないでよね。糖分摂取しないと、魔法も使えないし頭回んないわよ」

私はぶどうの載ったお盆をベッドまで持って行き、ベアトリーチェの口にぶどうを一粒押し込んだ。ベアトリーチェはそれをモグモグと食べてしまい……

何を思ったのかベッドから飛び出して、化粧台の前で着替え始める。

「ちょ、ベアトリーチェ。あなた何してるのよ……っ」

「見たらわかるでしょう。尋問の準備ですわ。もうすぐ迎えが来ますもの」

彼女は何かを覚悟したような表情だ。この部屋のドレッサーに備わっていたパウダーを、やたらと顔に叩いている。きっと涙の跡を隠しているのだ。

「もう泣きっ面を見せる訳にはいきませんわ。一刻も早く、わたくしとニコラスの身の潔白を訴えなければ。わたくしが自信のない受け答えをすれば、ニコラスは不利です。ニコラスは確かに【水】の申し子ですが、一連の事件の犯人であることは、間違ってもありえませんわ！」

お。こんなところで、お決まりの「ありえませんわ」が聞けるとは。

ベアトリーチェの、いつもの調子が戻って来た気がして、私もホッと安堵する。

そんな私を、ベアトリーチェがいつの間にか、鏡越しに見上げていた。

「何よ。頭にぶどうでも乗ってる？」

「いいえ……まあ、頬に果汁が付いているのは確かですけれど」

彼女は一度咳払いし、少しだけ間をあけ、

「マキア、わたくし、あのことも知っていますの」

「何のこと？」

ドレッサーの椅子から立ち上がって、私に向き直る。

そしてベアトリーチェは、私の服の、広く開いた胸元に指をかけ、少しだけ下ろした。

「あなたが、最後の守護者に選ばれたこと」

「…………」

四光の紋章。それが確かに私の胸元に刻まれているのを、目を細めて見つめる。

驚いたが、王宮に出入りしていたなら、その情報は確かに手に入るかもしれない。

「さぞ、大きなプレッシャーを感じていることでしょうね」

「……それは、まあ」

私は視線を泳がせ、頰をポリッと掻いた。

まだそれほどの役目もこなしていないし、自覚もないし、最近なんて守護者であることを忘れかけていたけれど。

「公表はされていないようですが、守護者であればこの先、危険な目に遭ったり、命を狙われたりすることがあるかもしれませんわ」

「あ、それはもうあったかも！」

「あったのですか……」

ベアトリーチェに呆れ顔をさせるほど、あっけらかんと答える。

しかしこの流れで、私はあの青いピエロのことを思い出し、ハッとした。

あのピエロの水魔法は、以前、アイリを王宮で狙った者の魔法と、同じ怖気がした。

そもそも、あの青いピエロが、アイリを狙った犯人と同一人物だったなら、ベアトリーチェやニコラスの犯行であるとは考えにくい。彼らにアイリを狙う因縁はあっても、私の命を狙う意味はないもの。

私はその青いピエロについて、ベアトリーチェに話して聞かせる。

「青いピエロ……ですか？」

「ええ。青いピエロに扮して、そいつは私を襲ってきたのだけれど……」

顎に手を当て、今までのことを順番に思い出しながら、私は一つ彼女に確認をした。

「ねえ、ベアトリーチェ。確かめたいことがあるのだけど……以前、学園島ラビリンスであなたたち1班とぶつかったじゃない？」

「ええ。オートマトンの目玉を集める授業で、ですわね」

「そうそう。あの時、ニコラスは私の熱体質で火傷したわよね。彼は【水】の申し子で、火には強いと思うのだけれど、火傷はするの？」

「勿論ですわ。【水】の申し子は、確かに法則上では【火】より優位ですが、一方で熱に弱いものなのです。のぼせやすいと言う副作用的な体質が、それを表していますわ。火傷は今までに何度もしていますし、あなたに触れれば、あの通りです」

「……そう、そうよね」

「いったい、何が気になっているのですか？」

「王都で私を襲った青いピエロなんだけど、私の熱体質が全く効かなかったのよ。てっきりそれこそ、【水】の申し子の特性だとばかり思っていたのだけれど……」

この話を聞いたベアトリーチェは、ふっと強張った表情になり、その後、声を低くしてこう告げる。

「……そんなことが可能なのは、アンチエレメンツ体質だけではなくて？」

アンチエレメンツ体質。それは、【全】の申し子特有の、申し子の能力封じの体質。

私はジワリと目を見開く。

「で、でも、【全】の申し子はとても貴重な存在よ！　世界中探したって、救世主であるアイリ様以外に、何人いるか……」

まさか、まさか犯人はアイリ？　いや、まさか、そんな……

何だかもう頭がこんがらがってきたが、ベアトリーチェは低い声音で告げた。

「いますわよ。救世主様以外に、ルスキア王国にはもう一人、【全】の申し子が」

「……え？」

「王宮筆頭魔術師、ユージーン・バチスト卿。彼は救世主様が現れるまでは、このルスキア王国で唯一の、【全】の申し子でした」

私は、考え込んで俯きがちだった顔を上げる。

「ちょっと待って。そんな話、聞いたことないわ」

　確かに、バチスト先生はエレメンツ魔法学の第一人者ではあるけれど、【全】の申し子どころか、一般的な申し子である話も聞いたことがない。知られていない。

「当然です。あの方は、自分がとても希少な【全】の申し子であることを隠していましたから。ゆえにこれは、国王と、王宮魔術院のトップである我が祖父と、少数の関係者しか知りません。彼の過去と共に、彼を守るために国ぐるみで隠蔽していたのです」

　王宮魔術院の院長である祖父と、バチスト卿がその話をしているのを、ベアトリーチェはたまたま自分の屋敷で盗み聞きしてしまったらしい。

「なぜ？　なぜバチスト先生は、【全】の申し子であることを隠していたの？」

「出身の問題ですわ。バチスト卿は幼き頃、生まれ育った村で迫害を受けていたのです」

「それって……」

　確か、エレメンツ魔法学の特別授業で、バチスト先生から聞いた。

　申し子とは、崇め讃えられる時代もあれば、差別され迫害を受けていた時代もあると。

　今も、差別が残る地域はある、と……

「バチスト卿が生まれた村は、申し子はおろか、魔力を持った者をも呪い子とするような風習があったようです。ゆえにバチスト卿は、幼少期より村の土蔵で監禁され、酷い虐待を受けていたのです。そんな彼を、地獄の状況から救い出したのは、王宮より派遣された一人の若い女性魔術師でした」

救い出されたバチスト少年は、王宮の支援でルネ・ルスキア魔法学校に通い、同年代のユリシス先生やメディテの叔父様と研鑽を積み、その力を開花させた。

彼を助け出した女性魔術師とバチスト卿は、歳の差が十歳ほどあったらしいが、お互いに惹かれ合い、愛し合い、のちに婚約したのだとか。

しかしやっと得た幸せも、そう長くは続かない。婚約相手のその女性魔術師は、治らぬ大病を患ってしまい、余命僅かだという。

その話が、この事件にどう関係するのかはわからない。全く関係ないかもしれない。

だけど、胸騒ぎがしてくる。

あの青いピエロが、もし、バチスト先生であったならば……

その時、ちょうど部屋のドアがノックされた。私がドアを開けると、ライオネルさんとトールが硬い顔をしてそこにいる。どうやらベアトリーチェを迎えに来たようだった。

ベアトリーチェは「ここにいますわ」と、逃げる様子も見せず堂々と部屋を出る。

そして澄まし顔で、ライオネルさんに尋ねた。

「ニコラスはどうしていまして？」

「ギルバート殿下が尋問中です。ニコラス・ハーバリーは容疑を否認しておりますが……」

ライオネルさんは、少し間を置いて、

「ベアトリーチェ嬢、何か、今のうちに我々に言っておくことがありますか？」

そう問いかけた。どうやら彼も、この件に違和感がありそうな表情だ。

ベアトリーチェはチラリと私の方を見る。私はゴホンと咳払いし、早歩きでスタスタと彼らの前に回って、歩みを止めるよう、立ちふさがった。

「いいこと。私たち、こんなことしている場合じゃないわ」

緊張感を保った強い眼差し（まなざし）を皆に向け、そう告げると、トールはフッと笑って、

「……お嬢、何をやらかすおつもりです？」

彼らしい問いかけで、私を援護する。

「ええ、やらかすわ。やらかす気満々よ。真犯人を、暴き出すの」

私もまた、かつてのように悪巧みするお嬢の顔になり、この場で二人の騎士に、同じ守護者の仲間として協力を呼びかける。

情報を共有し、私の推察を語り、ある計画を話したのだった。

第九話　青の真実

その日の真夜中、王宮にあるユージーン・バチストの研究室の前で、私は彼を待っていた。バチスト先生はベアトリーチェとニコラスの尋問に関わっていたが、ちょうど何かを取りに、自分の研究室へと戻ってきたようだった。

「おや、マキア嬢。どうしたのかね、こんな夜中に」

「バチスト先生」

ユージーン・バチストは、私がここで待っていたことに、僅かに驚いていた。

私はそんな先生に、それはもう無力な女子学生を演じて、涙ながらに訴える。

「ベアトリーチェとニコラスを助けてあげてください……っ。二人は何もしていません」

「……君は、自分が霧の刃(やいば)で傷ついたというのに、彼らを庇(かば)うのかね」

「だからこそわかるんです。彼らではないと」

「…………」

「お願いです、話を聞いてください」

バチスト先生は何を思ったのか、自分の研究室に「入りたまえ」と言う。

ランプの魔光に照らされた先生の研究室は、数多くの専門書の本棚が列を成していて、古い紙の匂いがした。まるで図書館のようだ。

また大きな机には、資料が山積みになっていた。

多くの仕事を任される、エリート王宮魔術師であるならば当然だろう。

飾り気のない部屋だが、机の端に追いやられるようにポツンと写真立てがあって、そこには儚げな笑顔が印象的な、ショートカットの女性が写っていた。

「それで、いったい何用かね。私にできることは限られているぞ」

先生は机にランプを置き、早速本題に入る。声の調子からは、何の感情も感じられない。

いつもの通りのバチスト先生だ。

「先生はこの国の申し子について、そのほとんどを管理し、把握していると聞きました」

「もちろん、申告のあったものは把握している。申し子を国が把握することで、彼らを守っているのだ。それがいったい……」

「では、ご自身のことは？」

「…………」

バチスト先生は机の方を向いたまま、しばらく何も答えなかった。

やがてゆっくりと振り返る。彼は無表情で、驚きも焦りも感じられない。

「君はいったい、何が言いたいのかね？」

「私が何を言いたいのかは、もうお分かりのはず。一連の事件の犯人は、ベアトリーチェでもニコラスでもなく、あなたです、バチスト先生」

私は彼を静かに睨み、断言した。バチスト先生は怒りもせず、笑いもせず、

「犯人？　私が？　何を根拠に、そのような言いがかりをつけると言うのだ、マキア嬢」

ひたすら淡々と、問い続ける。私は大きく深呼吸して、緊張感に耐えながら語った。

「私、以前王都の路地裏で、青いピエロに変装した暴漢に襲われました。バチスト先生もご存じですよね」

「……ああ」

「あの時、ピエロの魔法は、王宮でアイリ様を狙った水魔法と、同じ嫌な感じがしました。これはもう、両方をくらった【火】の申し子である私の直感のようなもので、何の根拠にもならないけれど。例えばこれを同一人物だと仮定すると……ベアトリーチェやニコラスが犯人だというには、いくつか矛盾が生じてしまうのです。私の熱体質が、あの青いピエロには効かなかったのですから」

バチスト先生は、僅かに目を細めた。

伝わってくる仄かなプレッシャーに、私は怯むことなく続けた。

「学園島ラビリンスの授業で、私はベアトリーチェの班と対峙しました。その時、私の熱体質がニコラス・ハーバリーに効きました。彼は【水】の申し子でありながら、火傷を負

ったのです。あの青いピエロには、全く効かなかったのに」

「……ほお」

まるで、他人ごとのような、淡々とした受け答え。

私はバチスト先生の、落ち着き払った態度に惑わされないよう、呼吸を整え、

「あなたは、守護者たちに、敵は【水】の申し子の可能性が高いと告げていたようですね。しかし、この情報こそ、あなたがニコラスを犯人に仕立て上げるために、守護者たちに伝えておいた偽りの情報だった」

一歩、一歩、ゆっくりと彼に近寄る。

「私も最初、それを信じていました。ですが、違う。私の熱体質をとっさに防ぐことができるのは、【全】の申し子のアンチエレメンツ体質のみ。希少な【全】の申し子など、アイリ以外にいないと思っていましたが、この国には、もう一人いた」

そして、バチスト先生の目の前で止まる。

「そう……あなたです。ユージーン・バチスト」

先生の手首をバッと掴んで、それを彼の目の前に見せつける。

彼が腕を火傷することはない。私の熱体質は、彼の前では無効化していた。

これこそが、【全】の申し子である証――

バチスト先生は様々なエレメンツ魔法を究めた存在だ。水魔法を申し子並みに、無詠唱

で自在に操るのは訳もないだろう。

それに、彼は王宮筆頭魔術師。王宮魔術院を牛耳るアスタ家とは懇意にしているだろうし、ベアトリーチェやニコラスの事情も良く知っている。彼らを救世主暗殺の犯人に仕立て上げるのに、都合の良い立場だ。

バチスト先生が【全】の申し子だと分かったら、彼に疑いの目を向けたならば、様々な事件、不可解な状況が、繋がっていく。

私は彼から手を離し、少しだけ距離をあけると、

「改めて告げます。王宮でアイリの命を狙ったのも、青いピエロに変装して私を殺そうとしたのも、罪をベアトリーチェとニコラスに擦りつけようとしたのも……あなたですね、バチスト先生」

「…………」

バチスト先生は顔を伏せ、しばらく沈黙している。

正直、私の推理は、アイリを狙った犯人と青いピエロが同一人物であると証明できなければ成り立たない。どのように反論されるかと身構えたが、

「なるほどなるほど。ベアトリーチェだな。あの娘に、この男の体質が知られていたと言う訳か。盲点だった。それで君のような小娘に暴かれて……ふふ、なるほど」

眼鏡を押し上げながら、またどこか、他人ごとのように笑っている。

自分のことなのに、この男……？

「正解だ、マキア嬢。あの時、君に触れられ、君を殺せなかった時点で、暴かれるのは時間の問題だったと言うことか……」

バチスト先生はあっさりと認めた。しかしいつの間にか、その手に小型の銃を握りしめていた。そしてそれを、私に向けている。

あれは、以前グレイグス辺境伯が持っていたものと、同じ――

「今度こそ死んでもらおう」

先生は、何もかもを闇に葬るがごとく、迷わず銃の引き金を引いた。

銃声が響いたが、その銃弾は私の目の前で氷の壁に弾かれる。

「そこまでです、バチスト卿」

そして、先生の動きは別の人物による〝身縛りの魔法〟により封じられた。

本棚の裏側から現れ、バチスト卿を牽制したのはトールだ。

バチスト先生は銃口をこちらに向けた姿のまま、体の動きを封じられ、ただ瞳だけを動かしトールを見る。

「トール・ビグレイツか。なるほど。私はまんまとはめられたようだ」

バチスト先生はこの状況でも、怖いほど冷静沈着だ。

彼は次に、研究室と隣の部屋を繋ぐ扉の方に声をかける。

「そこにも誰か、いるのだろう」

その扉がゆっくりと開き、ライオネルさんと、救世主アイリが姿を現した。

そう。これが私の、彼らに提案した計画。

バチスト卿が真犯人であることを暴き、アイリ自身に見てもらうこと。

「嘘。嘘でしょ、ユージーン。あなたが……っ」

彼女はすでに、ライオネルさんにより事情を知らされていて、今のやりとりも全部聞いていたようだ。蒼白な表情で、口元を手で押さえてしきりに首を振っている。

「あなたがあたしの命を狙った犯人だったなんて、ありえない。ありえないよ！」

「アイリ……」

アイリはバチスト先生をとても信頼していた。

それは私も知っている。二人の間には師弟の信頼関係がしっかりとあるように見えた。

だから、不思議でたまらない。バチスト先生は救世主であるアイリに仕える身でありながら、なぜ、裏切りとも言える行動をとったのか。

アイリは真実を受け入れられないのか、ライオネルさんの抑止を振り切り、バチスト先生に駆け寄り、縋った。

「ユージーン、何か事情があったんでしょ⁉　そうでしょ！」

「ダメ、アイリ！　離れて！」

私はアイリを掴んで引き寄せようとしたが、不思議な反発の力により手が弾かれる。

なんて力……これは、この純白の光は、アイリの魔力？

トールとライオネルさんもその拒絶の力により、うまくアイリに近づけない。

バチスト先生はこの状況にニヤリと口角を上げ、トールの身縛りの術をいとも簡単に破ると、アイリの首に腕を回し彼女の頭に銃を突きつける。

「え……ユージーン……？」

「誰も動くな」

アイリを盾にされ、言われるがままに、誰もが動きを止めた。いつの間にか、バチスト先生の足元に巨大な魔法陣が展開している。これは、異国の転移魔法——

「それでは皆さま、開幕の時間、デス」

バチスト先生は、らしくない口調、表情だった。異様な怖気が私を襲う。

そして、アイリに向けられていた銃が、今度は私に向けられている。そう——私に。

「アイリ様！」

「お嬢‼」

アイリが転移魔法で連れていかれるか、私が銃で撃たれるか。

その選択を迫るような状況、刹那の二択の狭間で。

眩い魔法陣の光が部屋を包み、その隙間から見た光景は、アイリがトールに抱き寄せられる姿だった。

一瞬だけトールと目が合った気がした。

同時に、銃声が高らかに響いたのだった。

眩い光に飲み込まれ、抗えない強制転移の感覚に身を委ね、キツく目を閉じていた。

しかしその衝撃も収まり、静寂と共に、私はゆっくりと瞼を開ける。

「…………」

気がつけば、暗く古い、建物の中にいるようだった。

ここは、王都のディーモ大聖堂だ。大聖堂の中は仄暗く、正面のバラ窓からは月明かりが差し込み、青く淡く、神秘的な空気が漂っている。

「い……っ」

右腕に痛みが走る。さっきの銃弾が掠ったようだ。しかし大した傷ではない。

「ようこそ、マキア嬢」

前方には、ユージーン・バチストが佇んでいた。

転移させられたのは私だけ。彼と私以外には、誰もここには居なかった。

「バチスト先生……っ」

なぜ、私だけを、ここに連れてきたのか。

その答えはとてもわかりやすい。きっと、私を殺すためだ。

「怯えた顔をしていますねえマキア・オディリール。あなたは、この男の〝四光の紋章〟を引き継いだ、守護者だと言うのニ」

「……え？」

バチスト先生の口調が、雰囲気が、何だか少し違う。佇まいも、ふとした表情も。

じっくり見ればよくわかる。まるで別人が、彼に乗り移ったかのようだ。

彼は首を傾げ、傾いた眼鏡を直しもせず、人さし指を立てて自身の情報を連ねる。

「ユージーン・バチスト。二十八歳。ルスキア王国きっての天才魔術師。【全】の申し子。差別と迫害に苦しむ壮絶な過去を持ちながらも、それを乗り越え、数々の結果を出した王宮筆頭魔術師。人格者であり、多くの者を救い、人望も厚かった。ではなぜ、これほどの男が、守護者に選ばれなかったのデス？」

彼は立てていた人差し指を、自身に向けて、

「否！　この男は、守護者に選ばれていたのデス！」

強い口調で断言する。私は最初、その言葉を理解することができなかった。

「どういう……こと……？」

バチスト先生が、守護者に選ばれていた、ですって？

もし仮に、本当にバチスト先生が四人目の守護者だったのなら、彼は死んでいなければおかしい。私に守護者の刻印が移ったのだから。

もし……かして……

「死んでいるの……？　バチスト、先生」

「ピンポンピンポーン！　ユージーン・バチストはとっくに死んでいる！　死んじゃってるのデス！」

その男は目を見開いたまま、ケタケタ笑った。

不気味で、何者かもわからない……目の前の、誰か。

「いや……死んでいるも同然、と言った方がよろしいでしょうカ？　体は生きていますからねえ。ただ、ワタシめが体を乗っ取ると、本人の魂は召されてしまうのデスよ。それすなわち、死。この世界に死んだと見なされレバ、四光の紋章は別の者に移る」

バチスト先生の姿をしたその男は、私にズイと顔を寄せ、緑色の瞳に私を映し込み、

「そう。この男、ユージーン・バチストの紋章は、あなたに移った」

そして視線を下ろし、ズレた衣服の胸元で、存在を主張するかのように煌々と光る四光の紋章を見つめた。この紋章が光っているところを、私は初めて見た。

男はスッと、紋章に指を突きつけ、

「本当は、その紋章も我がものとし、守護者に成り代わると言う算段だったのですがネ？

しかし、本人の体だけがあっても、ダメなようです」

冷たい目をしてクスクス笑った。私はゴクリと唾を飲む。

「あなたは……誰？」

確かに、この世界には人の体を操ったり、乗っ取ったりする〈傀儡魔法〉と言うものがある。ルスキア王国では、禁忌の魔術とされているものだ。

問題は、何者が、何のためにユージーン・バチストを乗っ取ったのかと言うこと。

「ウフフ。ワタシめですかァ？　ワタシめは、そうですネエ……？」

その男は、懐から何かを取り出す。それは、目元の笑った白塗りの仮面。

彼がそれを顔に着けると、バチスト先生の体を這うように群青の植物が取り囲み、ものの一瞬でピエロの姿に変化する。

そう、あの時王都で出くわした、青いピエロだ。

「ワタシめ、この世界で様々な呼び方をされてきましたが、多くは〈青の道化師〉と呼ぶ、卑しい卑しいピエロでございマス？」

大げさに手を広げ、舞台上で大勢の観客に向かってするかのごとく、腰を折って頭を下げる。何股にも分かれたジェスターハットの先についた、青い鈴がチリンと鳴る。

「青の……道化師？」

確かに、その名は聞いたことがある。

それは童話に出てくる悪い魔術師で、邪な願望を持つ者の前に現れ、その悪事を働くよう囁く怪物のような存在だ。

だけど私は、最も気になっていることを優先的に問う。

「……バチスト先生は、守護者になったことを、ずっと周囲に隠していたの？」

そう。それが一番、わからない。

まるで【全】の申し子であったことと同じように、彼はそれをずっと隠していた。

「ええ、そうデス。なぜかって？　救世主に忠誠を誓ったら、彼はもう異世界の少女のもの。愛する婚約者を見捨てて、命果てるまで。そう、奈落の底まで、ついていく運命」

「…………」

「この男ユージーン・バチストの最愛の君は、大病を患っていましタ。どんな魔法でも治すことのできない、死の運命が定められた病。ユージーンは婚約者を見捨て、異世界の少女に愛情を注ぐ、なーんてことはできなかった。婚約者への愛ゆえニ？」

冷静沈着なバチスト先生の姿からは想像もできない程の、一人の女性への一途な愛。

だけど、ベアトリーチェから聞いた彼の過去を知っていれば、それは理解できない感情ではない。

それほどに、自分を地獄から助け出してくれた一人の女性だけを、愛し続けたかった。

「葛藤と、絶望。救世主や王宮の者たちを裏切り続けただけではなく、自らが愛した女性を救う手立てすら見つからない。とうとう彼の心は闇に蝕まれ、壊れてしまった」

青いピエロはその場でくるりと回ってみせると、強く足を踏み鳴らした。

「そう！　そこに、ワタシめが付け込みましタ！」

両手をバッと広げて、注目を集めるがごとく。

「ワタシめは彼に囁き続けましタ。この手を取ればその苦しみから解き放ち、愛しい婚約者の命を助けてあげると。そして彼は、ワタシめという悪魔の手を取った。取ってしまった！　それが私の〝傀儡魔法〟。ああ、本当に……【全】の申し子とは、精神が脆いィ〜」

ピエロの仮面が、奴の笑い声と共にカラカラと揺れている。

「この肉体は本当に便利だった。大いに活用させていただきましたヨ。【全】の申し子としての能力、王宮筆頭魔術師としての立場、蓄積された記憶や知識、この国の機密情報を取得するに至るまで……」

「……っ」

どうしよう。正直、これは、私の手に負える状況ではない。

胸騒ぎがする。誰かにこのことを知らせなければ、ルスキア王国が大変なことになる。

私は一歩一歩後ずさりながら、青いピエロに問いかける。

「それで、なぜバチスト先生の体を乗っ取った〈青の道化師〉様が、わざわざ私だけをここへ連れてきたのかしら。守護者の中で、一番弱そうな私から殺していく算段なの？」

「違います違いますぅ。あなたが一番、危険だからデスぅ。そもそも最初から、救世主ではなく、あなたが狙いだったのデスぅ」

「え……？」

「ワタシめは先日の舞踏会で、グレイグス辺境伯の目を通し、あなたの魔法を拝見しましタ。あなたはワタシめが崇拝してやまない〈紅の魔女〉の力を引き継いでいます。ええ、そう。かつて、このメイデーアの中心に穴を開けた力と同じ……我が帝国にとって、あなたは最大の脅威」

「帝国……？」

帝国と呼ばれる国は、メイデーアでは一つしかない。

それは、最も危険な侵略国家、北の大国エルメデス帝国。

帝国が〈青の道化師〉を使い、すでに動き出している――

「わ、私は〈紅の魔女〉そのものではないわ！　そんな力、ある訳がない……っ」

「さあ。それはどうですカナ？」

青いピエロは首を傾げ、お面の青い唇に人差し指を添え、囁く。

「この世界の大魔術師たちは、巡り巡って帰還しているのデス。星が並び揃う瞬間のごとく、再び、全員が揃うマデ」

　その言葉が何を意味しているのか。

　この青いピエロが何を言いたいのか。

　私にはさっぱり分からないのに、無性に胸がざわつく。帰還、と言う言葉は、前にもどこかで聞いた気がして……

　青いピエロが、私にズイと顔を寄せて、仮面の落ち窪(くぼ)んだ目元の奥にある青黒い瞳(ひとみ)と、私の海色の瞳の位置を合わせる。

　飲み込まれてしまえば、もう戻れないような、海の底の色をした瞳。

　すでに、バチスト先生の緑色の瞳の色では……ない。

「お願いがあります、マキア・オディリール」

　青いピエロは右の手袋を取り、痩(や)せ乾いた大きな手を私の顎(あご)に添え、囁いた。

「あなたを殺すのは、まだ惜しい。是非とも、我が帝国に来ていただきたいのデス」

「……それはつまり、私に、敵国である帝国側へ寝返れということ？」

「良いではありませんカ？　救世主アイリも、あなたを信用などしていません。あなたのことを敵だと、全てを仕組んだ悪しき魔女だと思い込んでいるのデス。ワタシめは救世主の専属教師でしたので、良く知ってマスよ？」

「え……」

それは一体、どういうこと？　悪しき魔女だと？

アイリは、私を敵だと思っているの？

「他の守護者だって同じデス。さっきも見たでしょう？　トール・ビグレイツも、救世主を優先して守った。救世主を守るために、あなたを見殺しにしたも同然デス」

「…………」

青いピエロの囁きは、私を甘く誘う。

心の隙間を見つけて、指をねじ込んで、私の中にある不安を探り当てる。

きっと、そうやって、バチスト先生の心に取り入ったんだ。

「星に選ばれた守護者とはそういうもの。体がそう動くようになっている。いずれ心まで救世主の虜となり、あの娘を骨の髄まで愛するでしょう。あなたを見捨てる瞬間は、必ず、クル……」

前にも、誰かにそんなことを言われた気がする。

守護者とは、救世主を無条件で守ろうとする存在だ。

それはもう、刻まれた紋章のもとに確定的なこと。

「ああっ、泣いているのですか？　お可哀相に愛しい魔女よ。奪われたものは取り戻しましょう？　ワタシめの知る限り、それが〈紅の魔女〉の身上のハズ……？」

「……まあ、ね」

私も心のどこかで、トールは奪われたのだと思っている。

嫉妬の感情も、片想いの切なさも、ふとした瞬間に顔を出す。自覚済みだ。

「だけど、馬鹿よ、あなた」

私はぽつりと呟いた。

「私は別に、トールに守られたいわけじゃない。それにトールも私を見捨てたわけじゃない」

転移魔法の光に吸い込まれる瞬間、確かに私は、アイリを抱き寄せるトールを見た。

だけど同時に、彼の、絶望にも似た表情も見た。

私は誓ったはず。彼にそんな顔をさせやしない、と。

だから私は……

「今に見てなさい。私が、お前を、コテンパンにしてやる！」

顔を上げ、目の前のピエロを強く睨みつけた。

同時に、内側に眠る強い感情が込み上げてきて、魔力と共に目元からポロポロと溢れ出る。それは、怒りなのか、悲しみなのか、わからないけど熱い、魔を帯びた涙。

雪……

涙で滲む眼の向こう側で、雪山に佇む、赤いドレスの魔女の姿を見た。

彼女もまた涙を流しながら、私にその呪文の使い方を教えてくれる。

囁くように。詩を読むように。

そう。それはとても、静かで残酷な魔法――

「マキ・リエ・ルシ・ア――塩の冠、砕く夜。誰も涙を、見てはならぬ」

誰も、涙を見てはならぬ。それでも私と道化の視線は、交差する。

仮面の奥に潜む瞳が、涙を一筋流す私に囚われ、視線を逸らすことなどできずにいた。

そう。熱い私の涙が、そっとピエロの手に零れて落ちるまで。

「なんと……」

ピキピキ、コキコキと音を立て、結晶の花が咲くように、涙に濡れた部分から徐々に石化していく。

白く、白く、キラキラと。静寂とともに、魔法は体を侵食していく。

「これが〈紅の魔女〉の命令魔法の一つ。肉体の一部を媒介に使う古代の錬金術……っ」

石の花が咲く自分の手をうっとりと見つめて、ピエロは声を震わせた。

正直なことを言うと、前の舞踏会で使ったようなド派手な魔法を想像していたが、これはとても静かで、鳴り響く音すら神秘的な、美しくも残酷な魔法だ。

この石、もしかして塩の森の石では？

いや、今は何でもいい。この隙に逃げ出さなくては！

ピエロが石化する自分の腕に魅入られている間に、力の入らない体を無理やり起こし、必死になってこの大聖堂の中央通路を駆け抜ける。

早く。早くこのことを王宮に伝えないと……っ。

「!?」

しかし、大聖堂の扉は固く閉ざされていた。大聖堂に結界が張られているのだ。

「流石ですマキア・オディリール。やはり〈紅の魔女〉の魔法は、救世主以上に帝国の脅威……」

背後からぐっと髪を引っ張られ、その痛みに顔を歪めた。

群青色の蔓草が、まるで細く長い歪な形をした腕のように、私の髪を掴んでいる。髪だけじゃない。足も腕も胴も、青黒い蔓草で絡め取り、ぐわっと宙に持ち上げる。

何とか下を見ると、青いピエロは自らの石化を止めようともせず、群青色の蔓草を愉快げに操っていた。蔓草はピエロの足元の、歪んだ魔力の溜まり場から伸びている。

何よ、あれ……っ。

「さあ、こっちへいらっしゃい紅の魔女。あなたの血も涙も、骨も肉も髪も、余すことなくワタシめが上手に使って差し上げマス」

「嫌だ……っ、放せ、放して！」

あの歪みの中に引きずり込まれたら、自分が自分でいられなくなるような、二度とここへは戻ってこられないような、そんな恐怖を感じる。

だけどもう、自分の魔力は空っぽだ。【火】の申し子の力も無効化されて使えない。

私が引きずり込まれるのが先か、ピエロが完全に石化するのが先か……っ。

「!?」

その時、ステンドグラスの窓が外側から弾(はじ)けて割れる、高らかな音が鳴り響いた。

ガラスを割る音には結界を破る効果がある。その衝撃と、舞い散る色とりどりのガラスの破片の隙間から、私は黒衣の騎士を見る。

騎士は私を捕らえる群青の蔓(つる)に剣を滑らせ、ものの一瞬で断ち切った。

「お嬢!」

そして、高い場所から落下する私を、剣を投げ捨ててまで両腕で抱きとめる。

「トール……っ、あなた、来てくれたのね」

「当然です。言ったでしょう。あなたの魔力はわかりやすいと。あなたが魔法を放てば、必ず駆けつける、と」

トールは以前の言葉の通り、私がぶっ放った〈紅の魔女〉の魔法を感じ取り、位置を特定して駆けつけてくれたんだ。

トールにしか手繰れない、私の魔力。色に喩(たと)えるなら、鮮やかな赤……

「おやおや。トール・ビグレイツではないですか。マキア嬢のことは、もう要らないのかと思っていましたヨ？」

「ぬかせ……っ！」

いつも冷静で淡々としたトールが、静かな怒りに身を焦がし、私を床に下ろして、剣を拾い上げる。顔を上げた時のトールの表情は、今まで私が見たことないくらい、暗く、冷たい目をしていた。

「あの時……バチスト卿は、わざと俺にアイリ様を投げて……動きを封じたんだ。お嬢を、守りに行かせないように……」

トールはピエロを敵だと認識し、そちらへゆっくりと向かっていく。

凍てついた空気。トールの魔力の震えが伝わってきて、ゾッと鳥肌が立った。

青いピエロもまた、完全に石化しつつある体に、ピシピシとひび割れを作りながら、

「まあ、よいでしょう。この体ももう、魔女の呪いで石にされちゃうようですシ？　他にも厄介なのが来ているようですシ？　本日のところは、これにて、閉幕……」

その言葉を最後に、自分自身を群青の蔓草で覆い込む。

トールがそれに向かって剣を投げた時にはもう、完全に姿は見えなくなっていた。

その蔓草が速攻で朽ち、枯れ草の中から出てきたのは、トールの剣によって腹部を貫かれ、完全に石化したユージーン・バチストの体と、ピエロの白塗りのお面だけだった。

そこに、先ほどまで不気味に語っていた〝ピエロ〟は、もういない。

大聖堂が、シンと静まり返った。トールはバチスト先生の体に突き刺さった剣を抜き、しばらくそれを見下ろしていた。

私もまた、急いでトールの側に行き、死んでしまったバチスト先生を確認する。

「バチスト先生は、本来の四人目の守護者だったの。だけどそれをずっと隠していた。そこにつけ込まれて、体をあの青いピエロに乗っ取られたの。私に守護者の紋章が移った時にはもう、本人は死んでいたのよ。それで……っ」

「ならば、やっと解放されたのでしょう」

トールはすぐに状況を理解し、淡々とそう答えた。剣を鞘に納めながら私に向き直る。

「すみませんお嬢。また、怖い思いをさせてしまいました」

そして私の前で片膝をつき、頭を下げて、それを上げようとしない。

砕けたステンドグラスの破片の上で、彼の足から血が滲む。

酷い後悔の念に苛まれている。彼は、自身への失望を隠しきれていないのだ。

「立って、トール。……立ちなさい」

私の命令に、素直に従い、立ち上がるトール。

そんなトールの頬に手を当てた。前に怪我を治してやったのに、ステンドグラスを突き破ったせいか、またこんなに切り傷を作ってしまって……

「あなたは、また、私を見つけてくれたわ。細い細い、魔力の糸を辿って」

「……いえ。割と太くてわかりやすい、魔力の綱みたいな感じでしたけれど」

「トール、空気を読むのは大切なことよ。おわかり？」

彼は相変わらずだが、おかげで青いピエロが私に唱えたまやかしの言葉など、どこかへ消えてしまう。

「ありがとう、トール。トールが私を見つけてくれて、どれほど心強かったか……。だけど、ごめんなさい。あなたにまた怪我させちゃった」

目元に溜まっていた大粒の涙がポロッと一粒、頬を転がり落ちた。トールが手袋を外してその涙を拭おうとするが、私は慌てて顔を振るい、トールに涙を触らせない。

「ダメよトール！　この涙は危険なの。バチスト卿を石化させたのよ。私、またこんな、残酷な魔法を覚えてしまったわ」

「……お嬢」

トールは私の涙を拭うのを止めた。

ただ、迷うこともなく、濡れた目元にそっと口付ける。

触れた唇はとても冷たく、小刻みに震えていて、トールが私を見つけるまでに抱いた恐怖を、私はしっかりと感じ取った。やるせない、悔しさのようなものも。

「トール……？」

「お嬢。俺、自分の怪我なんてどうでもいいんです。だけど、凄く、怖い」

そして、トールは私の肩に顔を埋め、コツンと自分の額をつけた。

「あの時、あなたを第一に助けたかった。それなのに、体が鎖に繋がれてしまったかのように、動かなかった。意思とは関係ないのです。胸の刻印が……俺を縛っている。まるで救世主を守るためだけに、生かされている獣のようだ」

胸にズキンと響く、言葉だった。

トールは私からゆっくりと離れ、震える自分の手を見つめる。瞬きすらしないで。

「この先、あなたを守れなかったらどうしよう。大事な局面で、あなたを見捨てたら？　そんなこと、そんな選択、絶対に嫌だ。鎖を引きちぎってでも、俺は、あなたを……っ」

「トール！」

私はトールの首に腕を回し、彼を強く抱きしめた。

どうして私たちは、こんなに歪な関係になってしまったのだろう。

かつてはとても分かりやすい、お互いだけを大切に思っていればそれでいい、令嬢と騎士だったと言うのに。

もっと強くなりたい。トールにこんな思いをさせない自分になりたい。

だけどどうか、今だけは、お互いだけを思っていられた頃の、騎士とお嬢様に戻して。

こんな印を私たちに刻んだ、誰か――

「ユージーン！」

アイリの声がして、私は慌ててトールから離れる。

アイリだけではなく、守護者たちもまた、遅れてここへやって来た。

大聖堂の手前で、石化して横たわる、所々砕けたユージーン・バチストの骸。アイリは、変わり果てた彼を見つけ、しばらく言葉を失っていた。

「ユージーンが石に……？　これ、ユージーンだよね。なんで？」

「私が……私が石化の魔法を使ったの」

「マキアが？　え？　これ……死んでるの？」

私が詳しい説明をする前に、アイリは目に涙を溜めて、キッと私を睨む。

「要するに、ユージーンを殺したのはマキアだってこと!?」

トールが何か言おうとしたが、私はそれを制止し、心を落ち着けて答えた。

「アイリ。バチスト先生は、本来の四人目の守護者だったの。それを、ずっと隠していた」

「……え？　四人目の、守護者？　隠してた？」

「ええ。彼はその間に、体を帝国の魔術師に乗っ取られてしまったの。そして私に刻印が移った。バチスト先生は、ずっと前から死んでいたようなものなのよ」

帝国、と口にしたからか、ライオネルさんとギルバート王子が反応する。

それは、いずれ必ず敵対する存在だった。

しかし敵はかなり前から動いていて、四人目の守護者すら我々より先に見つけ、裏で操っていた。それはとても、とても驚異的なこと。

「嘘だよ。そんなのおかしい。ならどうしてユージーンは、守護者であることをあたしに隠していたの？　ありえない、ありえないよ……っ、守護者は最高の誉れなのに」

アイリは膝を折り、その場にへたり込む。そして、石になったバチスト先生の手に触れ、それが砕けて粉々になる様を、瞬きもせずに見つめていた。

「違うのよアイリ。バチスト先生には大病を患った婚約者がいて、その人の側から離れたくなかったのよ。それで、守護者であることを、ずっと隠していたの」

「嘘だよ！　ユージーンはあたしが一番大事だって言ってたもん！」

「……アイリ。話を聞いて」

「どうせ全部マキアの仕業なんでしょう!?　やっとボロを出したね、あたし知ってるんだから！　手下のベアトリーチェに騒動を起こさせて、ユージーンをはめたんだ！」

アイリは混乱しているのか、意味不明なことを言って、全然話を聞いてくれない。

だけどやっぱり、あのピエロが言っていた通り、私を全ての黒幕のように思っているのだ。それだけはよくわかるし、思いのほか、ショックを受けている自分がいる。

トールがいよいよ、我慢ならないという様に強い口調で訴えた。

「アイリ様、ちゃんと現実を見てください！　マキア嬢は一連の事件の真相を暴き、あなたとルスキア王国を危機から救ったのですよ！」

アイリはびくりと肩を上げて、トールのことを不思議そうに見上げている。

「トール、貴様、アイリに向かってなんて口を……っ」

「殿下もわかっておられるはずだ。バチスト卿の体が、禁忌の魔術で乗っ取られていたと言う事実が、どういうことなのか」

ギルバート王子は、珍しくぐっと言葉を飲み込んだ。

そう。想像すれば、わかるはず。それがいかに大変な事態か。

「ここはひとまず王宮に戻り、バチスト卿の周辺を調査しよう。帝国側がルスキア王国に対し動き出しているというならば、悠長にはしていられない」

ライオネルさんは険しい顔つきで、とても冷静な判断をしている。

彼は今回様々な面で協力してくれた。私やベアトリーチェの話を聞いて、アイリをバチスト先生の部屋まで連れてきてくれたのも、ライオネルさんだった。

「みんな、何言ってるの？　あたしじゃなくて、その子の話を信じるの？」

だが、アイリだけがいまだに、現実を受け止めきれていなかった。

今はそのような話をしている場合ではないと、他の誰もが分かっているのに、アイリはまだ私に拘（こだわ）っている。私に……

「ユージーンを殺して体を乗っ取った魔術師？　それこそマキアの仕業だよ。マキアが最初にユージーンを殺して、紋章を奪ったんだ。そしてユージーンの体を今まで操っていた。ほら、話の辻褄が合うでしょ？　あたしの物語の悪い魔女には、そういう力があったもの！」

「……アイリ」

　もう、言い分が無茶苦茶だ。

　現実を直視することができず、無理やり理屈をつけて、私を悪者にしようとしている。

　守護者たちですら、唖然としてしまっている。

　だけどアイリは周囲の空気に気づかず、私を睨みつけて、言い放った。

「あたしは騙されない。マキアは敵なんだよ！　友だちでも守護者でも何でもない！」

「…………」

　何か言おうとして、私は口を噤んだ。

　もう、本当に、どうしようもない子。

　何を言っても、何が起こっても、アイリは自分の思い描いた展開、思い通りのキャラクターしか望まないのだろう。この世界が、自分の書いた物語の中だと、信じている限り。

「あなたは、昔から魔女が嫌いよね、アイリ。……いえ、田中さん」

「……え？」

アイリは私にこの名で呼ばれ、最初こそキョトンとしていた。

「あなたは、私が悪い魔女だと思っている。自分の理想の物語に、悪い魔女が必要だから」

やっとわかった。だからあなたは、あの時、私のことを怒ったのね。

あなたが私に求めた役割は、悪い魔女として、悪事を働くことだった。私のことを友人だと思って、心配しているのではなくて……

「それが運命で、正解なんだよ！　あたしは知ってる。だってここはあたしの――」

「お黙りなさい！」

私もまた、声を張り上げ、アイリを黙らせた。

「何を知っていると言うの？　ここはあなたの書いている『私が幸せになる物語』の中じゃない。私たちは、あなたにとって都合の良いように動く〝キャラクター〟じゃないわ！」

この『タイトル』が私の口から出てきたことに、アイリはハッと目を見開いた。

彼女が書いていた小説の話を知っているのは、彼女以外にただ一人だからだ。

「この世界は〝メイデーア〟なのよ。ここに住む人たちは、一人一人が必死に生きていて、死色んな過去を背負っていて、あなたの知らない思いを抱えている。体を乗っ取られて、死んでしまったユージーン・バチストだって。あなたがいったい、彼の何を知っていると言うの……っ！」

この世界の、どれほどのことを、知っていると言うの。

バチスト先生には、守護者だと名乗り出なかった理由が、確かにあった。何を犠牲にしてでも守りたい一人の女性がいたのだ。そのことだって知らないくせに。信じようとしないくせに。

誰もが守護者の役目を誇りに思い、盲目的に救世主を愛するわけではない。

アイリが尊い存在であることは間違いないけれど、一人一人に譲れない事情や、大切な人がいるんだってことを、アイリは知らなければならない。

ああ。なんだかまた、泣きたくなってきた。

だって、アイリは、田中さんは、まだ気が付かない。

私が彼女を見つめて訴えても、私の言葉が届かないし、本当の姿を見ようとしない。

私のことだって、あなたは何も、何一つ、知らない。

「田中さん。まだ、私が誰なのかわからないの？」

「な、何を……っ」

「私は――」

あの日、あちらの世界の、学校の屋上で。

大好きだった幼馴染みと親友を同時に失った、哀れで冴えない、女子高生。

「私は、〝小田一華〟の生まれ変わりなのよ、田中さん」

胸に手を当てて、確かに告げた。

表面を見ているだけでは気がつかない。私の奥にいる、もう一人の私の名前。

それを、前世の親友であり、恋敵であるあなたに教えてあげる。

「え……。小田……さん？」

大きな瞳に、今まで以上の深い驚きの色を灯し、瞬く事もできずに、アイリはその場で固まっていた。

トールもまた、すぐ側で強張った顔をしている。

他の守護者たちも、私の発言に納得などできていないだろう。

だけど、もう、限界だった。

私のことを悪い魔女だと思い込んでいる以上に、この世界に生きる人たちを、自分の都合の良いように解釈する姿に、我慢がならなかった。

たとえあなたにショックを与えることになったとしても、真実を告げなければならない。

バチスト先生や、トールたち守護者や、アイリ……あなた自身のために。

あなたが私のことを友人だと思っていなくても、敵だとみなしていても、それはきっと、かつての親友である、私にしか伝えられないこと——

「……っ」

なんだか頭がクラクラしてきた。目眩もするし、体も熱い。

ずっと隠してきた秘密のようなものを、初めて口に出したからかもしれない。

ちょっと頭を冷やしたいと思い、アイリに背を向け、自分で重い扉を押し開けて、ふらふらと大聖堂を出て行く。

「お嬢！」

トールが後から追いかけて来た。

「いいのよ、トール。私に付いてなくても。あなたはアイリと一緒に……」

トールは私の肩を思い切り引いて、私の顔を見て何だか凄く慌てている。

「お嬢、大丈夫ですか？　血の涙を流していますよ！」

「え？」

トールの言葉は予想外なものだった。

私は首を傾げ、よくわからないまま中央広場の噴水に駆け寄り、水面を覗き込む。

「う、うわあ、何これ」

私、凄く怖い顔をしている。目は真っ赤で、血涙を流しているのだから。

これ、〈紅の魔女〉の魔法による、副作用かしら？

みんな絶句するはずだし、私も頭がクラクラするはずだ。て言うかこれ、ホラーよ。

「お嬢、今すぐどうにかしないと！　失明でもしたら大変です！」

そして過保護なトールは、問答無用で私を抱え、王宮の医務室へと急ぐのだった。

彼に抱えられ、目元の血の涙を一度拭(ぬぐ)って、私はまた大聖堂の方を見る。

開かれた扉の向こう側に、呆然(ぼうぜん)と座り込む、救世主アイリの姿を見た。


ねえ、田中さん。

まるで私たち、あの時できなかった喧嘩(けんか)の続きを、しているみたいね。

裏　エスカ、灰かぶりの聖者を意味する。

「クハッ。ギリッギリ。マジでギリギリ合格だぜ～、マキア・オディリール」

俺様の名前は、エスカ。

エスカとは古(いにしえ)のヴァベル語で〈灰かぶりの聖者〉を意味する。

ヴァベル教国から派遣された超偉い司教であり、超強い司教であり、必殺裁き人であり、マキア・オディリールが守護者にふさわしいかを判断する審査官だ。

俺様はディーモ大聖堂の屋根に座り込み、ちょうど騎士に抱えられて去るマキア・オディリールを見送っていた。手元には、奴の行動に伴う得点をメモした古紙の束が。

「ま、聖域で男とイチャコラし始めた時は、さすがにマイナス120点くらいしたけどな～。あと文化遺産のステンドグラスぶち抜いた黒髪野郎も、マイナス100点だ！」

今回の一件を踏まえ、オラオラ数字を書きなぐっていると、

「相変わらず、変なところで司教らしく厳格ですね、あなたは」

「チッ。ウゼーのが来やがった」

すぐ後ろに、いつの間にかあの腹黒精霊魔術師がいやがる。

ルスキア王国第二王子、ユリシス……なんちゃらかんちゃら。

スカした薄ら笑いを浮かべて、俺様を見下ろしてやがる。ぶっ殺してえ。

「どうです、エスカ司教。マキア・オディリールはあなたのお眼鏡に適いますか？」

「ふん。あれが〈紅の魔女〉の命令魔法ってやつか。今回は若干不発気味だったようだが、確かに驚異的な力だ。ま、俺様の最強魔法には遠く及ばねーが」

「ふふ。あの涙の魔法、とても懐かしいですよ。知ってます？　魔法学校にある第一ラビリンスの塩の石は、あの場所で〈紅の魔女〉が号泣したから出来たのですよ」

「はああ？　号泣？　あの最悪の魔女が？」

思わず振り返る。奴は何を思い出しているのかクスクス笑って、

「〈黒の魔王〉と〈白の賢者〉が、泣かせてしまったんですよ。色々とありましてねえ」

「はあああ？」

全くもって状況がわからん。だけど興味もねえ。

ただ、あの第一ラビリンスが塩の石で出来ていた理由だけは、何となくわかった。これも別に興味ねーけど。

「エスカ司教。マキア嬢のことは、あなたに任せていいですね？」

「ふん。まあ、みっちり鍛えがいがありそうだがよう」

俺様は、キモい薄ら笑いを浮かべている野郎を横目で見て、

「てっきりテメーが育てたがると思ったぜ。育てりゃ伸びるもんが好きだろ？　マキア・オディリールを、わざと第二ラビリンスに落としたくせによお」

薄々勘付いていた皮肉を言ってやる。

「……あの場所に、どうしても見せたいものがあったので」

奴は薄ら笑いのままだったが、周囲には冷えた魔力を漂わせている。

こいつ、何考えているのか分からない様で、意外と魔力の変化がわかりやすいよな。

「僕はもう一人、どうしても覚醒させたい子がいるので、そちらを担当します」

「はっ。男の方かよ」

俺は改めて前を向き、もう姿の見えないあの二人の、幼稚な姿を思い出す。

泣いてばかりいる赤髪の少女と、もどかしい程に葛藤している黒髪の少年。

「本当に、あの二人が、〈紅〉と〈黒〉なのかねえ。俺にはただのガキんちょにしか見えねーが」

ため息交じりにそう言うと、ブワッと、身にしみて感じるほどに、空気が緊張する。

「この僕が、あの二人を見紛う訳が、無い」

真横に立つ腹黒が、声音を低くして、断言した。

その魔力に呼応するように、夜風が吹いて、奴の髪をなびかせている。

俺様はそんな腹黒を横目で見上げて、鼻で笑う。

面白れーことになって来やがった。どうせならもっとこいつを煽ってやろうと思っていたら、腹黒はわざとらしくニコッと笑い、

「ところでお義兄さん」

「お義兄さんって呼ぶな。お義兄さんって呼ぶな」

「いいんですか？　あなたの大嫌いな〈青の道化師〉が、逃げてしまいましたよ？　あなた、殺したいほどアレを憎んでいるでしょう？」

「…………ハッ。気色悪ー質問しやがって！」

俺様は立ち上がり、遠く暗いルスキア王国の空と海を睨みつけ、風が強く吹いている間に、手に持っていた紙の束を高々とぶち撒いた。

「次に会ったら逃がしゃしねーよ！　前世の因縁は今世で晴らす。そのために俺たちは、この時代に生まれ変わったんだからよぉ……っ！」

紙が夜空を舞う中、憎らしい〈青〉の残り香に気がつき、俺は司教冠を押さえながら、屋根より大聖堂の裏側の路地に飛び降りる。

その残り香を辿ると、白いピエロの仮面がカタカタと震えながら、密かに地面を這っていた。ユージーン・バチストに取り付いた〈青の道化師〉の一部だ。

まだ魔力が僅かに残されている。

悪巧みでもしてそうな、ムカつくにやけ顔の仮面。

俺は懐から銃を取り出し、銃口に魔法陣を集約させて、仮面を容赦無く、何度も何度も撃ち抜いて、粉々に砕いた。

「メー・デー。この世の悪に、裁きの鉄槌を」

俺様の名前は、エスカ。

あれがこの世の絶対悪ならば、俺様こそが、この世の大正義である。

第十話　黄金の風が吹く

むかしむかし、この世界に、三人の偉大な魔術師がいました。

黒の魔王は、息を飲むほど麗しい、黒髪の美男子。

雪国で魔物の王として君臨し、自分だけの要塞を作るのが得意でした。

白の賢者は、多くの尊敬を集める白髪の魔法使い。

大精霊たちを従え、自然界の力を意のままに操ることができました。

紅の魔女は、真っ赤なドレスととんがり帽子を被った、赤髪の魔女。

髪、涙、血の魔法を使い、色々なものを作っては壊す、横暴で残酷な性格でした。

三人の魔術師は喧嘩ばかりしていましたが、仲が悪かった訳ではありません。

お互いの力を認め、時に助言をし合い、讃えあっていたのです。

そんなある日、白の賢者が、他の二人に言いました。

これほど力のある魔術師が三人いるのだから、競うだけでなく、何かとても素晴らしいものを、共に作ってみないかい、と。

黒の魔王と紅の魔女は、最初こそ面倒臭がっていましたが、白の賢者が二人を騙したり脅したり、揺すったり化かしたりしながら、何とか協力させたのでした。

そうして、徐々に形になっていく、砂のお城。彼らだけの理想郷。

まるで海岸で、子どもが砂遊びをするように。

魔術師たちは、南の孤島に、とても大きな要塞を作り上げたのです。

完成した時には、誰もが喜び、祝い、お互いの力や成果を称えます。

そしたらもう、三人は協力し合う必要がなくなりました。

お別れだ。お別れだね。

また争う日々だ。喧嘩はほどほどにね。

さらばだ友よ。さようなら心の隣人。

男の大魔術師たちは割り切っていましたが、紅の魔女は、それが悲しいのか寂しいのか、嬉しいのか楽しいのか、よくわからないままボロボロと涙を零したのです。

その涙が、地下に築いた迷宮に染み込んで、第一層は涙の宝石で満たされ、難攻不落な塩の迷宮に仕上がったと言います。

彼らは誓いを立てました。

いつか必ず、お互いの大切なものを守るため、この要塞を活用しよう、と。

さて。どうしてこんなにも、喧嘩するほど仲のよかった三人組が、最終的に世界の中心を焼き尽くすほどの、大戦争を引き起こしたのでしょう。

それはね。

異世界から、残酷な救世主がやってきたからだよ。

金髪と、柘榴（ざくろ）色の瞳（ひとみ）を持った、無慈悲な勇者様が——

◯

不思議と懐かしい。だけど、おとぎ話の一幕のような夢を見た気がする。

「マキア嬢、目覚めましたか？」

「……ユリシス先生、ですか？」

精霊魔法学のユリシス先生の声がするのに、目の前が真っ暗。

目元に手を当てた。布のようなものが目に巻かれている。

誰かが私を、ゆっくりと起こしてくれた。柔らかい髪と布の感触と、良い匂いがして、

パラリと目元の布が落ちる。ユリシス先生が外してくれたようだ。

血のついた布が見える。昨日、自分が使った魔法と、その反動を思い出す。

「私……結構、流しましたね。血の涙」

「思いのほか冷静ですね、マキア嬢」

ユリシス先生は複雑そうな顔をして微笑んでいる。

ここは王宮の医務室のようだ。昨日トールにここまで連れてこられて、治療を受けて、そのまま医務室のベッドで寝たんだっけ。頭がクラクラして仕方がなかったから。

「もしかして私、前みたいに、何日もずっと寝てました？」

「いいえ、事件があったのは昨夜のことですよ。すみません、大変なことになっていたのに、僕自身はその場に居ることもできずに……」

ユリシス先生は申し訳なさそうに頭を下げた。

私は首を振りつつも、じっと先生を見つめて、昨日のことを尋ねる。

「あの後……その、どうなりましたか？」

そう。それがとても気になっている。

先生は顔を上げて、ゆっくりと語り始めた。

ディーモ大聖堂にて発見されたユージーン・バチストは、体を石化させたまま、正式に死亡が確認されたと言う。

その後、ユージーン・バチストの研究室や自宅、周辺を調べた騎士団の情報によると、彼の部屋には、婚約者であるリラ・ピスケットとの写真や、彼女の病に関するカルテ、多くの実験の記録、様々な禁忌の魔術書などが出てきたらしい。

また、守護者でありながらそれを隠し、救世主のアイリと接する日々への後悔や懺悔(ざんげ)などが記された日記が発見されたとか。

日々休まず書かれていた日記も、ある日、突然終わった。

その日付は、私の誕生日。そう、私に守護者の刻印が出た日だ。

「やはり……バチスト先生はその日に……」

「ええ。肉体を禁忌の〝傀儡魔法〟により乗っ取られたのでしょう」

他にも多くの証拠が見つかり、ベアトリーチェとニコラスの無罪も証明されたらしい。

だけど、ユージーン・バチストという魔術師を失ったルスキア王国の損失は大きく、ユリシス先生も同世代の友人として、憂いのある表情を見せていた。

「ユージーン・バチスト。あれほど才能に溢れ、努力家で、一途で、他者を悪く言わない清廉な魔術師は他にいませんでした。ルスキア王国が誇る魔術師だったのです」

「……はい」

「ゆえに、誰もが、ユージーン・バチストを信じ切っていた。彼が裏切るはずなどない、彼の言うことは正しい、と。ユージーンが守護者に選ばれなかったことを、もっと不審に思うべきだったのです。それだけ彼は、特別な存在だったのですから」

そんな特別な魔術師が、唯一愛した者を救えないと察した時の絶望は、どれほどのものだったのだろうか。

守護者、王宮魔術師、そして一人の男として、色んなものを天秤にかけて、葛藤し、彷彷徨い、苦しみもがいた。

そこにつけ込んだ、あの〈青の道化師〉と言う、酷くいびつな何か。

私はあの青いピエロから、魔法というものの歪みを見た。

「先生。私は〈青の道化師〉と名乗る青いピエロに出会いました。あれはいったい、何なのですか？」

今まで出会ったどんな魔術師より、異質で、邪悪だった。

先生の顔つきが少し変わる。

「そう……ですね。もともと古い童話で知られている名前ですが、魔法世界史の一分野において、それは実在した大魔術師の一人だとも言われています。いつから現れるようになったのかは不明ですが、歴史の分岐点に出没し、特殊な〈傀儡魔法〉を用いて様々な人間に忍び込み、その立場や力を得て、陰から世界を動かしているのだと」

先生は神妙な面持ちで、顎に指を添えたまま、続ける。

「ユージーンが、どの段階で、かの者の〝傀儡魔法〟にかかっていたかはわかりません。ただ、わかったことは、その〈青の道化師〉が北のエルメデス帝国の手の者であると言うこと。帝国はすでに、大魔術師というカードを用いて戦いに備えていると言うことです」

大魔術師というカード……

あのピエロは言っていた。この世界の大魔術師たちは、巡り巡って帰還している、と。

「その〈青の道化師〉の狙いは、あなた自身にあったようですね、マキア嬢」

「そう……らしいですね。どうやら私を〈紅(くれない)の魔女〉だと勘違いしていたようで……」

私のことは、帝国の仲間に引き入れるか、殺すかの、二択だったように思う。

あの時、暗く澱(よど)んだ〝何か〟へ吸い込まれそうになった恐怖が、僅かにまだ残っている。

アレに吸い込まれてしまったら、私はどうなっていたのだろう。

チラリとユリシス先生を見ると、彼は今までで一番深刻な表情だった。

「マキア嬢、あの道化の言葉に、決して耳を傾けないように。あなたは目をつけられている。〈紅の魔女〉の魔法は、どんな破壊兵器よりも大きな〝破壊〟の力を持っていると、誰もが知っているから」

確かに、ご先祖様はこの世界の中心に穴を開けてしまうほどの強大な魔法を使った魔女だった。それは彼の言う通り、誰もが知っているところ。

「私は……ただの守護者の一人ですよ。そのお役目も、ままならないというのに」

「そうですね。なぜ、あなたが守護者に選ばれてしまったのか……」

「…………」

やっぱりユリシス先生も、私は守護者に相応(ふさわ)しくないと思っているのだろう。

なんだか少し恥ずかしくなって、毛布をぎゅっと握りしめた。

「もう一つ。あなたはアイリのいた世界を、ご存じのようですね」

「え？」

突然その話題が出て、私は一瞬固まってしまった。

ユリシス先生は探るような目をしてじっと私を見つめている。

おそらく昨日の夜、私がアイリに告げた言葉を、他の守護者かアイリ自身から聞いたのだろう。私は少し、顔を顰めて俯いた。

「昨夜の件は聞いています。マキア嬢が怒るのは、無理もありません。アイリは少し、思い込みの激しいところがありますから」

「………………」

「ですが、アイリ自身も凄く動揺していて、部屋に閉じこもって寝込んでしまっているのです。このままでは救世主として、今後役目を果たせるかどうか。僕はあなた方二人の事情を、知っておく必要があるのです」

「それは……申し訳ないことを、してしまいました」

ユリシス先生だって、救世主サイドの人間だ。私には失望したかもしれない。

それでも、私の話を、聞いてくれるだろうか。

「信じられない、かもしれませんが……」

アイリ以外に上手く通じるかは分からない。

それでも、言っておかなければならない気がした。

「ユリシス先生。私には〝前世〟の記憶があります」

「………」

「前世の名前を小田一華。アイリ様と同じ世界にいて、アイリ様の学友でした。まあ、最後は恋敵になってしまったんですけれど」

「……恋敵？」

「あっ、いや、そこはどうでもいいんです」

ポロッと零してしまったが、ここは大して重要ではないだろう。私は慌てて、顔の前で手を振ってごまかす。

「それで、私……ある時、金髪で赤い目の男に殺されてしまったんです。ちょうど五月の最初の日。幼馴染みの男の子と一緒に、学校の屋上で……」

思い出す様に、ポツポツと語る。

「アイリ様も同じ場所で、同じ男に殺されたのだと思っていました。だけど彼女は生きていて、メイデーアに救世主として召喚された……」

自分でも、話していて何を言っているのかわからなくなってきた。

きっと、ユリシス先生はぽかんとしているだろうな。

「金髪……赤い目……。なるほど」

だが、ユリシス先生は妙に納得したような顔をしている。

先生らしくない、含みのある笑みを一瞬だけ口元に浮かべて。

「先生？　やはりこんなの、変な話ですよね……」

「いいえ。アイリとあなたにそのような繋がりがあったのなら、少なくとも僕は、そこに希望を見出しています」

「希望、ですか？」

救世主と守護者として、関係を修復する希望、と言うことだろうか。

私が少し複雑な気持ちでいると、先生は静かに立ち上がり、窓辺に寄る。

彼は私に背を向け、窓から彼方を見つめたまま、私にこんな話をする。

「実を言うと、この世界には〝前世の記憶〟を持つ者たちが少なからず存在します」

「前世の、ですか？　私のような？」

それって、異世界から転生した人間が、他にもいると言うことだろうか。

ユリシス先生は何も答えず、しばらく沈黙していたが、

「すみません、病み上がりなのに、妙な話をしてしまいました。この話は、いずれ」

「で、でも……っ」

私はその話が気になっていた。他にいったい、どんな者が前世の記憶を持っているのか。

だけど先生は、くるりと振り返って、私を落ち着かせる様に囁く。

「大丈夫。……焦ってはいけない」

そしてそれは、まるで、自分自身に言い聞かせるような言葉でもあった。

ユリシス先生は、ベッドの上で戸惑ってばかりの私に、いつものように柔らかく、そしてどこか切なげに微笑みかけ、こう言った。

「君が帰還するのを、僕はずっと、待っているよ」

ルスキア王国の秋も深まり、随分と涼しくなってきた。

いよいよ『ポテト・レポート』の課題も大詰めである。

約ひと月に渡る、ジャガイモとの格闘。そしてジャガイモとの共生。

やっとこのジャガ地獄から解放されるとあって、班員たちはどこか浮かれている。

だが、私だけがここ最近、ずっとうわの空で……

「おーい、班長～？」

フレイが目の前で指をパシパシ鳴らしているが、私は頬杖をついたままボケーッとして、目も口も半開き。無意識にハムスター用のひまわりの種を貪っている。

「マキアは数日前からこんな感じで、色々と締まりがないです」とレピス。

「ベアトリーチェ嬢のことが応えているのか？　無罪ってことになったし本人ももうピンピンしてたけどな」とフレイ。

「残り数日でレポートをまとめないといけない。マキアが使い物にならなかったら、僕らはかなり不利だぞ」とネロ。

みんな好き勝手言いやがって〜。

でも仕方がない。あの日の真実を知っているのは私だけ。

ユージーン・バチスト先生は事故死ということになってしまい、王都も魔法学校も、彼を尊敬し彼に助けられた者たちの大きな悲しみに包まれたが、もう誰もがそんなことも忘れて、数日後の収穫祭を待ちわびている。それは別に、悪いことじゃないけれど。

落ち着いて考えてみると、とても悲しい事件だった。

バチスト先生の罪といえば、守護者であることを隠していたくらいのもので、他は全て青いピエロに操られてやったことだ。私、結局、本当のバチスト先生には会ったことすら無いんだわ。

それに、アイリにかなり衝撃的な真実を突きつけてしまった。

あれから私が守護者として王宮に呼ばれることはなく、逆にお咎めもない。

あの時は、言ってやったぞとスカッとしたものだけれど、後から後から、悶々と考えることもあって……

「いったい誰です？　マキアをこんな風にしたのは」

あ、レピスが静かに怒ってる。

フレイとネロを睨んで、犯人捜しを始めている。彼女の義手はとても力が強いので、押さえつけたテーブルがミシッと凹んでいるぞ。

「お、俺は全くカンケーねーと思うぞ、多分」

「僕だって、別に何も。はっ……もしかして、勝手にハムスターの回し車に発電装置を取り付けたのを怒っているのか？」

フレイは女々しく怯えているし、ネロは謎のド天然発言をぶちかましている。

「……別に。あんたたちは何も悪くないのよ。色々考え事をして、いっぱいいっぱいになっちゃってるの。そういう日もあるでしょう？」

ふう、とため息をつき、私はペタンと突っ伏した。

「ふん。もう知らないわよ、あんな子。どうせ悪い魔女だもの、私なんて」

「……？」

班員たちは顔を見合わせている。

ふてくされ気味な私が、やはりどこかおかしいと判断したようで、あのフレイが後ろに回って人の肩にポンと両手を置いて、なぜか肩を揉む。

「まーまー班長。何があったかはさっぱりだが、そう落ち込むなって。班長が意外といい奴だってことは、俺たちがちゃんと知ってるからよ」

「…………」

「そうですマキア。マキアの敵は私の敵」

「マキア、君の力無しでは9班はここまでやれなかっただろう。僕らには君が必要だ」

フレイだけでなく、レピスもネロも、私を慰めてくれているようだ。

最初こそ捻くれた顔をしていたが、徐々に目元がウルウルとしてくる。

私も、自分を受け入れてくれる班員たちと一緒にいる方が、気が休まるというものだ。

「マキア・オディリール、いらっしゃいますか！」

と、その時、アトリエの扉がバンと開かれ、涙が引っ込む。

「ベアトリーチェ⁉」

珍しく誰かが訪ねてきたと思ったら、まさかの人物。ベアトリーチェとその執事君だ。

ベアトリーチェは妙に険しい表情で、ズカズカと人様のアトリエに入り込み、私の前で仁王立ちする。な、何ごと。

「マキア・オディリール、あなたに借りていたものを返しに来ましたの」

「ん？　何か貸してたっけ」

「お馬鹿さんですわね。あなたに売られた恩を返しに来たのですわ！」

ベアトリーチェはどこか顔を赤らめつつも、指をパシッと鳴らす。後ろで控えていた執事君ことニコラス・ハーバリーが、私の目の前に、大きな箱を置いた。

「なにこれ」

「きっとマキア嬢もお気に召しますよ」

ニコラス・ハーバリーはにこやかに箱の蓋を開ける。

「!?」

なんと！　そこにはふわふわメレンゲに覆われた、私の大好物であるレモンパイがあるではないか。しかもワンホール！

「どうしたのよベアトリーチェ！　え？　なにこれ。これ、私が食べていいの⁉」

「当たり前ですわ。その為に我がアスタ家お抱えのパティシエに用意させたのです」

ベアトリーチェは肩の髪を払って、ツンとした態度のまま。

ネロが空気を読んで、銀のフォークを私の方へ、そ……っと差し出した。

「え、みんなで食べなくていい？　私、このまま直でいっちゃっていいわけ？」

「どうぞ」

班員たちに促されるままに、銀のフォークでレモンパイを端からつつき始める。

ホールで頂くなんて、はしたなくて贅沢だ。

「うわあ、メレンゲが分厚い。うわっ、カリッとふわふわ～」

表面の焦げ目がカリッと香ばしく、それでいて分厚いメレンゲはふんわりとした舌触りで程よい甘さ。味の濃いしっかりしたレモンカードとのバランスが絶妙で、洗練された味がする。最下層のパイ生地は、焼いたばかりというようなサクサク感が残っていて、バターの塩気がシッカリ利いている。主役の味を上手に引き立てる名脇役だ。

「流石はアスタ家のお抱えパティシエね！　一流の味がするわ〜」

「あなたには、わたくしとニコラスの件で、お世話になりましたから。あの後、とても大変だったと聞いています」

「まあね。でもあなたもニコラスも、気弱にならず自分たちの主張をしっかりして、無罪を証明したと聞いたわ。やるじゃない」

「……当然ですわ」

ベアトリーチェは視線を横に逸らしつつ、何となくもじもじとして、まだ何か私に言いたそうにしている。私は相変わらずレモンパイに夢中だったが……

「マキア」

お。珍しくベアトリーチェが、名前だけで呼んでくれた。

メレンゲを口につけたまま顔を上げると、彼女はとても真剣な眼差しで私を見ていた。

「これから先、あなたが背負う運命はとても重たいものでしょう」

「…………」

彼女は、私が守護者に選ばれてしまったことを、知っている。

もしかしたら、その後、守護者として微妙な立場に陥ってしまったことも。

「多くの他人が、余計なことを言うかもしれない。あなたを傷つけるかもしれない。だけど、わたくしベアトリーチェ・アスタは、あなたが助けを求めてくれたなら、必ずこの手をさし伸べますわ」

ベアトリーチェは、自らの胸元に手を当てて、改めて告げる。

「今度は必ず、わたくしたちが、あなたを助けます……マキア」

これほど頼もしい言葉を貰えるとは思っておらず、好物のレモンパイをつつく手を止めて、ただ、じっと、ベアトリーチェを見つめていた。

彼女もまた、私を見つめ返していた。

重なる視線には、いつもの敵意や、ライバル意識はまるでなく、ただ、不思議と心地よい繋がりのようなものだけが感じられる。

これは、いったい、何だろう。

「ふふっ。ベアトリーチェお嬢様は、マキア嬢へのお礼をどうしようかと、ここ最近ずーっと悩んでおられたのです。お嬢様はマキア嬢の好きなものを、レモンパイしか存じ上げないものですから」

「こ、こらっ、ニコラスあなた、何を言っているの！」

執事君が口を滑らせたせいで、長い沈黙が破られた。

ベアトリーチェが執事君のネクタイを引っ張りながら、顔を真っ赤にして怒っている。

その様子に、黙って様子を見ていた他の班員たちも思わず噴き出していた。

私はというと、すごく胸が熱くなっている。

抱えていた不安や孤独、もやもやしたものが、レモンパイのメレンゲのごとく、優しく溶かされていく。

それだけ、ベアトリーチェの言葉や視線には、強い意志が感じられた。

私は多分、彼女と、絆を紡いだのだ。

「うう～っ。ありがとう、ベアトリーチェ。ベアトリーチェ～～～っ」

「⁉　マ、マキア？　なぜ泣いてますの⁉」

私が泣いてしまったせいで、彼女は凄くオロオロしてしまったけれど、多分私は、自分ではどうしようもないことばかりに苛まされ、心細い思いをしていたんだと思う。

だけど事情を唯一知るベアトリーチェの、熱意ある激励が、私を強く支えてくれた。

ベアトリーチェだけじゃない。

班員たちだって、ずっと私を心配していてくれた。

そろそろ元気なマキアを取り戻し、学生らしく青春を謳歌しよう。

それが、私の、本来の目的だったはず。ずっとこの学校での学生生活を夢見て、頑張って来たのだから。

「ですがマキア、勘違いなさらないでください。ポテト・レポートの一等を譲るつもりはありませんから。我がガーネットの1班が、また頂いていきますから」

「あーら、それはどうかしら。お嬢様が芋相手にどこまでやれるか見ものだわ。今回こそ一等は、我がガーネットの9班のものっ！」

せっかくいい感じだったのに、結局こんなふうにバチバチ火花を散らして睨み合い、最後はフンと、お互いにそっぽをむく。

そうそう。私たちはこうでなければね。

こうやって、お互いを意識しあって、刺激しあって、高めあって……

最後はどちらが笑おうとも、いざという時に支えあい、助けあえたなら、きっと私たちは本当の友人になれるのでしょう。

数日後。いよいよポテト・レポートの課題を終え、班員全員で提出しに行った。

【魔法家庭科】のポネット先生は私たちのレポートを大層褒めてくださり、また体調を崩さず健康的にここまで頑張ったことを称えてくれた。

ということは、ポテトの食べ過ぎや栄養の偏りで、体調を崩した生徒がいたのかもしれない……

恐ろしい課題を終え、自由な食事ができるようになったので、収穫祭一色の街にでも繰り出して買い食いでもしようかという話になり、私たちは一度アトリエへ荷物を取りに向から。

「あ……」

ちょうどアトリエから見える白い浜辺に、よく知る黒衣の騎士とドラゴンが佇(たたず)んでいた。

「おー。班長の元カレが不法侵入してるじゃん」

「元カレじゃないわよフレイ。元騎士よ。不法侵入は否定しないけど」

トールが学校まで来るのは、これで二度目だ。何か用事があるのだろうか。

「マキア、行ってくれれば」

「私たち、先に王都の方に行ってますから」

ネロやレピスも妙に気を遣っている。

私が前に、トールとの関係を暴露して号泣したからかな。

「ごめんね、みんな。後で合流しましょう！」

そして、何となくニヤニヤしている班員たちに見送られながら、私はバスケットを持って、浜辺でずっと待っている忠犬ハチ公のようなトールの元まで、駆け下りていった。

「トール、久しぶり。どうしたの!?」

「……お嬢に会いに」

トールは騎士らしくお辞儀をした後、自分の指を私に見せつける。

指先をちょこんと切っていた。紙の端で切ったような傷。

「お嬢、前に、怪我したら来いってって言ってたでしょう？」

「そりゃあまあ、確かに言ったけど」

私の想像していた怪我とは違うし、この程度、舐めておけば治る気がするが……

それでも、トールが私に会いに来てくれたのが嬉しかった。

「ふふ。じゃ、そこに座って」

浜辺に流れ着いた流木にトールを座らせ、私もその隣に座る。

「先ほど、お嬢の同級生の方々がいましたね。フレイ殿下がいらっしゃったと言うことは、お嬢率いる班員の方々ですか？」

「ええ、そうよ。ガーネットの９班。フレイは知っている通りだと思うけれど、黒髪の女子がレピス、プラチナブロンドの男子がネロよ。みんなとても優秀な魔術師の卵なの」

私はバスケットを開いて、中を探りながら答えた。

トールは「学校いいですねえ」と呟く。学校、通いたかったのかな……

「それより、トールの方は大丈夫なの？　収穫祭で盛り上がっている時だし、あなたもアイリと一緒に、あちこち見て回るのかと思ってたんだけど」

「いえ。もうすぐ同盟国会議が開かれますから、アイリ様はちょうど今、ギルバート殿下とダンスの練習に励んでおられます」

「アイリは、その、元気にしてる？」

「ええ。お嬢にガツンと言われて最初は塞ぎこんでいましたが、もう元気にしておられます。同盟国会議は救世主となって最初の大仕事ですから、張り切っておられるようです」

そうか。それなら、良かった……

トールは、安堵している私の方をちらりと見下ろし、

「それで俺も、騎士団の見回りの仕事に励みながら、隙を見てお嬢の元に怪我を治してもらいに来たと言うわけです」

指の傷を改めて見せつける。

「全く。サボりじゃないわよね？」

「怪我を治すのも職務のうちですよ。それにサボりじゃないです。ライオネルさんが二時間程お暇をくれたんです。お嬢のところへ行ってこいと背中をバンバン叩いて」

ほお。それは意外。ライオネルさんはギルバート王子と違い、トールが私に会うことを、それほど問題視していないのか。

オディリール家秘伝のリビトの傷薬の小瓶を、バスケットの中からやっと見つけて取り出し、蓋を開けて赤いドロッとした軟膏を指に取る。

それをトールの傷口にちょいちょいと。呪文を唱えて治療をしてやった。

他にも怪我してないか確かめようと、無理やり服を脱がせようとしたが、それはちょっとマズイですよ、と言われて諦めた。

「ありがとうございます、お嬢。早速、お約束のブツです」

「え？　もしかしてお土産⁉」

「ええ。これを忘れてお嬢に叱られる訳にはいきませんからね」

「そんなことで叱ったりしないわよ！　あなたが会いにきてくれるだけで嬉しいし」

「……と、言いつつ手は正直ですね、お嬢」

おしゃれな白い箱と紙の包みを取り出したトールに、手を差し出している私。

私がそれを受け取ろうとしたら、ひょい、ひょいと避けて遊ぶので、やっぱりこの男にはお仕置きが必要かもと思ったり。

「食べ物なのですが、甘いのと、甘くないの、どっちから食べます？」

「ゴホン。では、甘くない方からいただくわ」

私はお嬢様らしくお澄まし顔をしつつ、膝の上にハンカチをのせてスタンバイ。

トールは「ならこっちですね」と、紙の包みを開けて、中を私に見せる。

ごろっと丸い、オレンジ大のこんがりした揚げ物。なあにこれ。

「お嬢、確か米がお好きでしたよね」

「あ、もしかしてアランチーニ⁉」

王都の住人たちのお惣菜では、最近定番になりつつあるという、アランチーニという名のライスコロッケ。お米とミートソースを混ぜて、トマトやチーズ、塩胡椒などで味付けして丸め、衣を付けて揚げたものだ。

紙袋から一つ取り出すと、まだ温かく、揚げたてだとわかる。それを、袋に入っていた薄い紙で包んで、いざ齧る。

サクッ……衣の音は軽やかで、サクサク感はバッチリ残っている。口の中にジュワッと滲み出る油。これも揚げ物の醍醐味だ。

んんん、チーズ！　噛み切ろうとしたら、モッツァレラチーズが伸びる伸びる！

咀嚼するたびに、トマトソースで味付けしたつぶつぶのお米と、ひき肉の食感や味わいを堪能できる。グリーンピースもいいアクセント。そしてやはり、チーズ。モッツァレラチーズがたっぷり入っている。

うう～ん、これはとても美味しい。日本で食べたお米料理とは違うが、この国ならではのお米料理も良い。ボリュームがあったけれど、夢中になってすぐに完食。

「あー、美味しかった～。今度自分でも作ってみようかしら」

「お嬢が作ったら、大砲の弾みたいになりそうですね」

「正直、そのくらい大きいのを作って食べたいわ。最近私、よく食べるの」

もうトールが湿らせたハンカチをすでに用意していたので、私はありがたくそれで手を拭く。

私も結局、そんなトールに甘えちゃっているし。ダメだなあ。

トールは私の従者じゃないのだから、こんなことしなくてもいいのにね……

「じゃあ次をよこしなさい」

「はいはい」

反省も束の間。私の要求に対し、トールが開けた白い箱の中には……

「あああっ！　それっ！　いま王都で流行りのカンノーロでしょ！」

細長いお菓子がいくつか並べてあったので、思わず指を差してしまう。

カンノーロとは、リコッタチーズと、ドレンチェリーやオレンジピールなどを混ぜた甘いクリームを、ロール状にして揚げた小麦粉の生地にたっぷり詰めた、見た目も可愛いお菓子だ。ロールパイに似ているかしら。昔ながらの定番のお菓子ではあるが、最近何かの影響でブーム化したみたいで、観光客の間で大人気という。

「嬉しい嬉しい！　ナギ姉がね、王都で流行のカンノーロを食べ歩いているって言ってて、私も食べてみたいなって思ってたの」

というわけで、端っこから大きな口を開けてガブリ。

生地が硬めでサクサクッと割れるので、意外と食べやすい。

羊乳で作られたリコッタチーズのクリームは、甘く爽やかで、ほのかに酸味が感じられ、とても上品な味だ。こってりと言うより、さっぱり。これだけクリームが詰まっているのにぺろっと食べられる。

「課題のレポートと格闘したばかりだから、体が喜ぶ甘さだわ～～」

うっとりと、だけどガツガツと食べていると、トールが私の方をじっと見ているので、

「何よ、人が食べてるところをジロジロ見て」

「いえ。そのイヤリング、まだつけてくれているんだなと思って」

「そりゃそうよ。お気に入りだもの。宝物だもの」

大事な紅水晶のイヤリング。お誕生日にトールに貰ったもので、私はお守りのごとく、毎日身につけている。トールは人ごとのように「へえ」とか言ってるけど。

「髪も……また少し伸びましたね」

「ほんと？　自分じゃよくわからないのよね。前の長さにするには、もうちょっと時間がかかりそうだけど」

肩より少し長い赤髪は、言われてみると、確かに前より長さがあるように思う。

それにしても、トールってば、私のことをよく見ているわね……

何となく恥ずかしくなって、「あなたも食べれば」と言う。だけど彼は首を振り、

「お嬢が全部食べていいですよ。お嬢の食べっぷりは見ていて気持ちいいですし。あ、よく冷えた瓶入りのミルクコーヒーも買ってきました。お嬢の大好きな蜂蜜入りです」

「おお〜。流石ねトール。私の好みを心得ていて感心するわ」

トールは浜辺で砂を掘って遊んでいるドラゴンの元へ行くと、革袋を持って戻ってくる。氷竜にぶら下げていたからか、革袋ごとよく冷えているようだ。

お店のロゴが入った瓶入りコーヒーの蓋を外し、私にミルクたっぷりで甘い方を手渡した。彼自身は、ブラックのアイスコーヒー。レモンの輪切りを浮かべた、目がシャキッとするやつ。

トール、仕事の途中なんかに、時々飲んでいるんだろうな……

私たちはコーヒーの苦味をお供に、浜辺で打ち寄せる波を見ながらポツポツと会話して、共に落ち着ける、ゆったりとした時間を過ごしていた。

「……ユージーン・バチスト卿の件ですが」

しばらくして、トールが囁くように、その話を切り出した。

「実はバチスト卿が亡くなったすぐ後、婚約者であるリラ・ピスケットが、後を追うように息を引き取ったとのことです。二人は隣同士の墓に埋葬されました」

私は黙って、彼の話を聞くことにする。

「大病院に入院していた彼女は、もう末期の状態でした。しかし薄々、バチスト卿の変化に気がついていたようで、それを日記に認めていました。いつ頃から帝国の魔術師がバチスト卿に接触していたのか、その日記を手掛かりに調べているところです」

「……そう」

婚約者というだけあって、バチスト卿の変化にいち早く勘付いていたのでしょうけれど、真実を知ることとなく、後を追うように息を引き取ったのは、一つの幸いだったのかもしれない。どちらかが置いて行くことも、取り残されることも、無かった。

そこにしか救いを見出せないことは、とても、残酷なことだ。

「お嬢。俺は、バチスト卿の気持ちが少なからず分かるのです。だけど、あの人のような選択は出来なかった」

トールが、海を見つめながら、アイスコーヒーの瓶を強く握りしめている。

それを見て、私は強く、首を振る。

「違うわ、トール。あなたはその選択をすることで、私と、私の家族、オディリール家の皆を守ってくれたのよ」

「…………」

「ちゃんと、わかっているわ」

私はトールの頬に手を当てて、自分の方に顔を向けさせた。

トールは間違っちゃいない。

結局、バチスト先生に待っていたのは最悪の結末だけだった。

「その、お嬢。俺、ずっと聞きたかったことがあるのです」

トールは、頬に手を当てる私の手を取り、ぎゅっと握りしめながら下ろす。

そして、どこか鋭さを帯びた眼差しで、私を見据える。

「お嬢は、アイリ様をご存じだったのですか？」

私はトールに手を掴まれたまま、視線をどこにでもない場所に流す。

そりゃあ、トールが気になっているのも無理はない。

あの時、私は大勢の前で暴露してしまったんだもの。何が何だかわからなかったでしょうけれど、トールは私とアイリの会話から、多くの疑問を抱いたことだろう。

「うん、そう。私、前世を覚えているの」

「……前世を？」

「あの日よ。流星群の夜に、私は前世を思い出したの……」

そして、その日は、トールに守護者の紋章が現れた日でもあるわね。

私は落ち着いた声音で、ゆっくりと語り続けた。

「私は、マキア・オディリールとして生まれる前に、アイリと同じ世界で生きていた。そしてアイリの友人だった」

「……同じ人を好きになった、とおっしゃっていましたが」

トールったら、そんなことまで覚えているなんて。

確かにこの男が、私の言う事を聞き逃したことなど、今までほとんど無かったけれど。

私は苦笑いをしつつ、

「そうよ。私とアイリは、同じ人が好きだった。その人は私の幼馴染み（おさななじ）で、そっけないところもあったけれど、いつも一緒にいてくれたし、何かと助けてくれたわ。一緒にいるのが、心地いいヤツだった」

顔を上げ、雲の動きを見つめながら、遠い昔の記憶を辿る。

当たり前のように、共に学校に通った日々。会話をしていても、していなくても、共に過ごす時間が穏やかで、安心できた。そういう関係だった。

そう。それは、今の私とトールにも通じるところがある。

「トールは、前世を覚えていない？」

「……普通は、覚えていません。生まれてくる、前の人生なんて」

「そう。……そうよね」

なら、これはトールには言えない。

私とアイリが好きだった〝斎藤徹〟は、あなただったのだということ。

アイリがそのことに気がついているかは分からないけれど、これ以上トールを混乱させたり、戸惑わせたりする訳にはいかない。

トールにはトールの人生が、すでにあるのだから。

「今も、その男が好きですか？」

目線を伏せがちに、トールはポツリと尋ねる。

最近トール、やたらと私の恋愛事情に興味があるんだな、と思ったものだが、

「そうね。でももう、手の届かない人よ」

前世の彼と、トールとを重ねて、そう答えてしまった。

勿論、今の私の恋は、前世に引きずられたものではないけれど。

どのみち、手が届かない。こんなにすぐ側にいるのにね。

私たちが一緒にいる時間はいつもとても限られていて、秘密の中にある。

「トール、どうかした？」

さっきからずっと俯いているので、気になって声をかけた。

やっと顔を上げたかと思ったら、いつもの飄々とした笑顔で、

「いいえ。傷薬、ありがとうございました。また怪我をしたらお嬢のもとへ参ります」

「できれば怪我なんて負って欲しくはないけどね」

「おや。俺に来られると迷惑ですか？」

「そう言うことじゃないわ、いつでもいらっしゃい。いえ、来なさい。これは命令よ」

「言いましたね。俺は、お嬢の命令ならば確実に遂行する男ですよ」

「……なんか格好いいこと言ってるけれど、お土産を忘れたら承知しないわよ」

「俺に会えればそれでいい、みたいなこと言ってませんでした？」

「言ったかもしれないし、言ってないかも」

そんな、私たちらしいやりとりをしていた。

それが秋の海風のように心地よくて、お互いに、クスッと笑ってしまう。

「そうそう。私、そろそろトールに言おうと思ってたんだけど」

「何です？」

「あなた、私のことをマキアと呼びなさいよ。あなたはビグレイツ家の養子で、私よりずっと格上の貴族なんだから。そもそも、もう敬語でなくてもいいわよ」

しかし、トールはこれに、すっごく微妙な顔をしている。

「お嬢は、お嬢ですよ」

「あら。あなた私のこと、名前で呼ぶのが嫌なの？」

「そう言うわけではありませんが……」

斎藤徹だった頃の彼は、自分のことを名前で呼べと言ったことがあった。

それを今度は、私があなたに言うことになるなんてね、トール。

すっかり立場が逆転している。しかもトールは拒否気味だし……

「まあ、いいわ。おいおいね。慣れないことさせるのもかわいそうだし」

「そうしてやってください。いきなりなんて、無理ですよ」

「…………」

でもね、トール。いつかと思っていたことが、いつの間にか、永遠に叶わなくなってしまうことも、あるのよ。

私たち、これから、何を選んで、何を捨てて……

どんな道を歩んで行くのかしらね。

「!?」

と、その時だ。突然大きな汽笛の音が響いたかと思ったら、いつの間にか、目の前の海を横切る巨大な戦艦があった。

暗雲を思わせる、黒紫色の鋼鉄のボディ。西の大国フレジール皇国の国旗が掲げられており、ミラドリードの港に入る所のようだ。

胸がザワザワッとしたのは、どうしてだろう。

空は快晴で、秋の太陽に照らされた、昼下がりの黄金の風が吹いているのに。

「おかしい。あれはフレジールの船。来航は明日の予定なのに」

トールが立ち上がり、浜辺で日向ぼっこをしていた氷竜グリミンドを起こす。

彼はグリミンドに乗って、そこへ向かおうとしていたので、

「待って、トール！」

私はトールに手を伸ばす。

「私も。私も連れて行って！」

なんとなく、だけど。あの汽笛が、私を呼んでいるような気がしたのだ。

私もそこへ行かなければならない。多分それは、トールも同じで……

「……ええ。では、共に参りましょう」

トールは私に手を伸ばし、私をそこへ引き上げた。

冷気と雪の結晶をちりばめながら、グリミンドは天高く舞い上がる。

上空から見るフレジールの戦艦は、想像よりずっと大きい。

数々の魔導砲の砲台が取り付けられており、絶え間なく魔法壁が展開され、抜かりなく船を守っている。それは、ここ、平和なルスキア王国の港でさえも。

広い甲板の上に、一人の男が立っていた。

戦艦と同じ黒紫色の軍服を纏い、軍帽を被った、フレジールの軍人。

その男が、こちらをじっと見ている。

鋭い、真紅の、視線。

「え……」

軍帽の鍔を持ち、顔を上げたその男は、美しい金髪を海風になびかせ、紅く煌めく柘榴色の、研ぎ澄まされた刃のような眼差しで、私を見ている。

あの男には見覚えがある。忘れるなんて、ありえない。

あいつは、前世の私を殺した、金髪の男——

ドクンと高鳴った心臓の鼓動が、私たちの再会を強調し、何かの始まりを告げている。

だけど、私は知っていたはず。

この世界で、私たちはまた巡り会うということを。

あなたは言った。前世で私を殺した時に、告げた。

『何度生まれ変わっても、俺はお前を、必ず殺す』

だから、あなたは現れた。
もう一度、私を、殺すために。

あとがき

こんにちは、友麻碧（ゆうまみどり）です。

『メイデーア転生物語』第2巻をお手に取っていただきありがとうございました。

今回は、前巻のラストで匂わせていた第四の守護者にまつわるお話でした。

紋章の現れたマキアは、守護者と魔法学校の生徒を両立させつつ、現状に戸惑いながらも手探りで一つ一つを知り得て、頑張っております。

新キャラも続々登場いたしました。特にエスカ司教は、この先どんな役回りになってくるのか要注目です。個人的に書いていて楽しいキャラであります。はい。

ここからは、いよいよ例の金髪男も登場し、物語が大きく揺らぎ始めます。

また第3巻にて、ガーネットの9班は第一学年最後の課題に取り組むのですが、これがどのような課題になるのか、どうぞお楽しみに。

宣伝です。ただいま『月刊Gファンタジー』様で、夏西七（なつにしなな）先生によるコミカライズが連載中です。キャラクター一人一人のキャラ立ちが小説以上に巧みなのと、個人的にトールさんの色気が半端ねえと思いながら、ニヤニヤして読んでます。続きが楽しみで夜も眠れない。

ということでかなりオススメですので、ぜひチェックしてみてください。

担当編集さま方。いつも友麻の作品を担当してくださりありがとうございます。的確なご指摘に毎度助けられており、第2巻でもたくさんお世話になりました。

雨壱絵穹（あまいちえそら）先生。鮮やかな青い空と黄色のひまわり、そして楽しげな四人組を描いていただきありがとうございました。完成した表紙を拝見し、四人組の会話が聞こえてきそうで、とても興奮いたしました！　Twitterでもメイデーアに関して大変お世話になっており、本当に感謝しております。

最後に、読者の皆さま。第2巻もお手にとっていただき、誠にありがとうございました。まだ始まったばかりの物語ではありますが、おかげさまで第1巻の重版も続き、良い滑り出しを切ったシリーズとなりました。第3巻では、一つ、大きな真実が明らかになると思いますので、ぜひまたメイデーアの世界に遊びにきてください。

ではでは、次の発売は夏頃を予定しております。

どうぞよろしくお願いいたします。

友麻碧

お便りはこちらまで

〒一〇二―八一七七
富士見L文庫編集部　気付
友麻 碧（様）宛
雨壱絵穹（様）宛

富士見Ｌ文庫

メイデーア転生物語２
この世界に怖いものなどない救世主

友麻 碧

2020年３月15日　初版発行
2020年５月15日　再版発行

発行者　三坂泰二
発　行　株式会社 KADOKAWA
〒102-8177　東京都千代田区富士見2-13-3
電話　0570-002-301（ナビダイヤル）

印刷所　旭印刷株式会社
製本所　本間製本株式会社
装丁者　西村弘美

定価はカバーに表示してあります。　◇◇◇

●お問い合わせ
https://www.kadokawa.co.jp/（「お問い合わせ」へお進みください）
※内容によっては、お答えできない場合があります。
※サポートは日本国内のみとさせていただきます。
※Japanese text only

ISBN 978-4-04-073281-7 C0193